世界が私を消していく

丸井とまと

STARTS
スターツ出版株式会社

今度、傘《かさ》を忘れたときは私が貸すね。
この約束を、私だけが今も覚えている。

放課後の教室で、彼は雨が降りしきる校庭を眺めていた。
「傘、ないの？」
緊張で声がかすかに震えて、顔が強張る。
もしも彼が私のことを思い出したら、また笑いかけてくれるだろうか。
けれど振り向いた彼は、まるで初対面かのような硬い表情で私を見てくる。
――ああ、やっぱり。彼は私のことを〝今日も〟覚えていない。
都合よく彼だけが思い出してくれるはずがない。
私はみんなの記憶から消えてしまったのだから。
持っていた折り畳《たた》み傘を机の上に置いて、よかったら使ってと告げる。
「返さなくていいよ。……だって明日にはきっと忘れちゃうから」
誰に傘を借りたのかも、今日交わした会話も、私の存在も。
彼の記憶から、明日には全部消えてしまう。
透明になってしまった私は、誰の心にも残らない。

目次

あとがき　314

世界が私を消していく

一章　曇りのち、凍雨

夜眠る前、学校に行くのが待ち遠しい。そんな風に思うほど楽しいと感じるようになったのは、一週間前に席替えをしてからだ。

以前よりも十分以上早く学校に着いて、彼の到着を席に座りながら心待ちにしている。浮かれすぎている自覚はあるけれど、私にとっては新年早々運を使い果たしたと思うくらい幸運なことだった。

「おはよー、宮里《みやさと》」

目の前の椅子《いす》が床と擦《こす》れ合う音を立てる。

視線を上げると、眠たげな表情の時枝清春《ときえだきよはる》くんが立っていた。

「おはよう。時枝くん」

平静を装《よそお》いながら笑みを向けたものの、心臓はばくばくとしていて頬《ほお》に熱が集まってくる。

時枝くんはクラスの男子たちよりも大人びていて、あまり大きな声ではしゃいだりもしない。とっつきにくいと言っている人もいるけれど、困っていると声をかけてくれるような優しいところがあって、話してみるとよく笑う人だ。

時枝くんと初めて会話をしたのは、四月の終わり。私が傘を忘れて帰れずにいると、時枝くんがコンビニでわざわざ傘を買ってきてくれたのだ。

それ以来、私は気づけば彼のことを目で追うようになっていて、三学期になった今ではようやく趣味の話をする仲になれた。

「そうだ、宮里」

背中を向けていた時枝くんが振り返る。長めの前髪の隙間《すきま》から見えた瞳《ひとみ》が私を捕らえて、心臓がどきりと跳《は》ねた。

「こないだおもしろいって言ってた映画、見たよ」

「えっ、どうだった？」

映画でなにかおすすめはあるかと聞かれて、好きなSF作品のタイトルを数日前にメッセージで送ったばかりだ。なので、こんなに早く見てくれるとは思わなかった。

「すげーよかった。ああいうの好き。また今度おすすめ教えて」

自分の好きなものを、時枝くんにも好きだと言ってもらえて口元が緩《ゆる》む。

次はなにをおすすめしよう。時枝くんは他にどんなのが好きなんだろう。そんなことを考えていると、「あのさ」と硬い声で時枝くんがなにかを言いかける。

視線を上げた先で、目を伏《ふ》せている時枝くんが躊躇《ためら》いがちに口を開く。

「その映画の続編、夏にあるんだって」

「あ、そうそう。次は二年後の話らしいよ。楽しみだよね」

「……ふたりで観に行かない？」

聞き間違えかと思って、固まってしまう。

「いやその、俺の周りで前作観たことある人いないから。……宮里さえよかったら」

興味あるものが一緒だから誘ってくれているだけで、勘違《かんちが》いしてはいけない。わかっているけれど、心が弾《はず》み、前のめりになる。

「い、行きたい！」

もっと違う言葉を返したかったのに、この一言が精一杯だった。

「やった」

時枝くんは目尻《めじり》にしわを寄せて笑うと、頬にはえくぼができて無邪気《むじゃき》な表情になった。映画を観に行けるから時枝くんは喜んでいるのに、私は別の意味で喜んでしまう。

「公開日近づいたら、連絡する」

まだ先の話だけれど、時枝くんとふたりで出かけるのなんて初めてだ。

ちらりと目線を向けると、普段とは違うあることに気づいた。ワックスで緩くセットされた時枝くんの黒髪は、いつもよりも前髪のあたりが少しだけ跳ねている。

「ん？」

私の視線に気づいたのか時枝くんが首を傾《かし》げる。

前髪を人差し指でさして、「寝癖《ねぐせ》」と言ってみた。

すると、時枝くんは目を見開いてから自分の前髪に触《ふ》れる。そして歯を見せて照れくさそうに笑った。

「やべ、バレた？　ワックスで誤魔化《ごまか》せるかなって思ったんだけど」

予想外の反応に心が鷲掴《わしづか》みにされた感覚になる。

寝癖も笑った顔も、私にとっては全部かわいい。普段は大人っぽくて物静かな時枝くんの意外な一面を見ることができた気がする。

だけど言葉にはできず、笑いながら頷《うなず》く。

「そこだけ方向が他と違うなって思って」

「うわー……ちゃんと直してくればよかった」

「でもよく見なければ、多分わからないよ」

「じゃ、他のやつには秘密で」

人差し指を立てる時枝くんの仕草《しぐさ》に釘付《くぎづ》けになりながら、私は頭を縦《たて》に振った。

「てか、宮里が教えてくれた映画がおもしろすぎたから夜更《よふ》かししちゃってさ。寝不足だから、今日三重《みえ》になってる。ほら」

前髪を持ち上げて、目元を見せられる。普段は髪で見えにくいため、わかりにくいけれど、黒目が大きい。

そして瞼《まぶた》には線が二本入っていて、いつもよりも眠たげだ。あまりにも近い距離感に顔から耳にかけて熱を帯びる。

こんな想いを抱《いだ》いているのは私だけ。時枝くんに気づかれてこの関係が崩れてしまわないようにできるだけ気持ちを押し込めて、目を逸《そ》らす。

「本当だ。昨日、何時に寝たの？」

「んー、三時くらい」

「三時!?　それは寝不足になるね」

時枝くんは比較的早く登校してくるので、四時間くらいしか寝ていないのかもしれない。

「だから、授業中当てられそうだったら起こして」

「寝る前提？」

笑いながら返すと、時枝くんが前髪をくしゃりと掻《か》いて苦笑する。

「できるだけ頑張って起きてる」

成績もよくて真面目《まじめ》な時枝くんが授業中に居眠《いねむ》りはしない気がするけれど、冗談まじりに「寝てそうだったら起こすね」と約束をした。

席が前後になってから、私たちは特によく話すようになり、時枝くんと打ち解けてきた気がする。高校に入学してもうすぐ一年。私は今が一番楽しい。

「紗弥《さや》～！　おはよ！」

名前を呼ばれてすぐに振り向く。教室の後ろのドアから派手な雰囲気《ふんいき》の女子がこちらに向かって歩いてくる。

「おはよう、真衣《まい》」

小坂《こさか》真衣はいつも一緒にいるグループのひとりだ。

セミロングの茶髪《ちゃぱつ》を緩く巻いていて、大きめのカーディガンをよく着ている。そして短く折られたスカートは、裾《すそ》からほとんど見えない。

「今日は早いね」

真衣は朝が弱くていつも予鈴ギリギリか遅刻することが多いのでこの時間に登校するのは珍しい。

げんなりとした表情で、真衣が大きなため息を吐《つ》く。

「だって生活指導の北岡《きたおか》に、次遅刻したら中庭の草むしりしろって言われて。ありえなくない？　こんな寒い時期に草むしりだよ！」

そういえば金曜日の放課後に真衣は呼び出されていた。先に帰ったため内容は聞いていなかったけれど、どうやら遅刻の件だったみたいだ。

「早起きしすぎてねむーい」

真衣が嘆《なげ》きながら私の肩にもたれかかってくる。

「こんなの続けるのキツすぎなんですけど〜。紗弥いつも早く来てるのすごすぎ」

「真衣は遅くまでスマホいじってるから眠いんだよ」

「だってー、日付変わると眠気飛ぶんだよね〜」

SNSを深夜に更新していることが多い真衣は、毎日のように夜更かしをしているみたいだ。

近くで話を聞いていた男子が呆《あき》れた様子で苦笑する。

「卒業までに何度草むしりすることになるんだろうな」

「絶対しないし！」

真衣がムキになって言い返すと、私は思わず笑ってしまう。

外見も言動も目立つ真衣と私はタイプが正反対だけど、一学期に校外学習で同じグループになったことがきっかけで仲良くなった。

真衣は意見がはっきりしていて、クラスで目立つ存在だ。

「真衣、紗弥〜！　おはよー！」

焦《こ》げ茶色の髪を低い位置でゆるく結んでいる落合由絵《おちあいゆえ》と、肩にかかるくらいの黒髪の山崎英里奈《やまざきえりな》が集まってきた。

二学期からこうして四人でいることが、決まりごとのようになっている。

「え！　てか、真衣がこの時間から学校にいるなんて！　だって予鈴まだだよね」

由絵が意外そうに言うと、真衣が口を尖《とが》らせる。

「私だってたまには早く来れるし！」

男子たちが「来週には絶対草むしりしてるだろー」とからかうように言うと、周囲で再び笑いが起こった。

目の前の席には好きな人がいて、仲の良い友達もいる。

私にとって、とても居心地のいい環境だった。


昼休み、私たちは食堂の隅《すみ》っこの席を確保して、昼食を取っていた。週に一度、こうして四人で学食でランチをするのが定番になっている。

「ん～、スフレ最高～！」

目の前に座っている真衣は、たっぷりと生クリームとチョコレートソースがのったスフレを食べながら、幸せそうに笑みを浮かべた。

「真衣、それ好きだよねぇ。一日限定十食だから勝ち取れてラッキーじゃん」

隣から羨《うらや》ましそうな声が聞こえて見やると、由絵が真衣のスフレを眺めている。甘いもの好きの由絵が今日はスフレじゃなくて、うどんを頼んでいるのが意外だった。

「このふわふわ感が好きなんだよね～。まだ残ってたし、由絵もこれにすればよかったのに」

「私太りやすいから……今ダイエット中なんだよね。真衣は元から細くていいなぁ」

表情を暗くした由絵がため息を吐いた。そういえばお正月太りで二キロ増えてしまったと嘆いていたっけ。

真衣は返答に困ったような様子で、スフレを食べている手を止める。

由絵だってじゅうぶん細い。だけど体型を気にしている由絵にそんなことを言っても、お世辞《せじ》として受け取られるかもしれない。どう反応するべきかと迷っていると、英里奈が「みんな細いじゃん！」と声を上げる。

「私なんて、筋肉質《きんにくしつ》だよ！　ほら、見て」

ぐっと二の腕《うで》に力を入れると、英里奈は目の前に座っている由絵に触《さわ》らせた。すると由絵が目を大きく見開いて「本当だ！」と噴き出す。

「英里奈って全然筋肉質に見えないのに、さすがバレー部」

「筋トレ、中学の頃からしてたらこうなっちゃって。由絵も私と一緒に筋活《きんかつ》する？」

「やだ！　なにそれ！」

空気が一気に変わって、和やかになったのがわかり、私はほっと胸を撫《な》で下ろした。

こうやっていつも英里奈が場の空気を和《なご》ませてくれる。真衣とはまた違った形のムードメーカーだ。

「ね、そういえば遥《はるか》ちゃんと一条《いちじょう》くんの話聞いた？」

英里奈がカレーを食べていたスプーンを置いて、声を潜《ひそ》める。

すると真衣が「なになに」と興味を示した。

「一条くんに告白して振られたんだって」

英里奈は相変わらずの情報通。ネットで話題のお店やコスメに関することだけではなく、学校内の人間関係にも詳しい。

「え！　あの遥ちゃんでも一条くんダメなんだ？」

驚く由絵に対して、真衣は顔色ひとつ変えずに「だろうねぇ」と呟《つぶや》いた。

「一条くんってかわいい子に告白されても全部断るらしいよ～。なんか噂《うわさ》によると好きな子いるからって」

一条拓馬《たくま》くんは隣のクラスの男子だ。派手な金髪《きんぱつ》に猫《ねこ》のような大きな目が特徴的で、愛嬌《あいきょう》があり整った容姿をしている。

そして振られたという遥ちゃんは、一条くんと同じクラス。くっきりとした二重《ふたえ》のかわいい顔立ちで、小柄《こがら》な女子だ。

「それに遥ちゃんってあざとい系じゃん？　一条くんとか苦手そう」

由絵が声のトーンを下げて、真衣の顔色をうかがうように見やる。すると真衣はなんともいえない表情で頷いた。

「あの子バレー部でもさ、隣が男バスの日だとちょっとあれなんだよね……」

英里奈が濁《にご》しながら話すと、今度は由絵がずいっとテーブルに身を乗り出して食いつく。

「え、あれってなに？」

「声があからさまに高くなったり、男バスの先輩たちに練習中に手振ったり声援《せいえん》送ったりしてて、女バレの先輩たちに睨《にら》まれてるっていうか。周りもフォローが大変で」

「うわー、想像つく！　あの子空気読めないもんね。てか男バスの先輩も狙ってんの？　そんなんだから本命に振られるんじゃない」

遥ちゃんにあまりいい印象を抱いていない様子の英里奈と由絵に対して、真衣は便《びん》乗《じょう》しないものの苦笑しながら聞いている。

悪口を楽しそうに話している空気に、私はなにも言えなくなってしまう。

遥ちゃんのことは、きっと同じバレー部の英里奈の方がよく知っているんだと思う。でも私は、遥ちゃんに対して特に悪い印象は抱いていなかった。

たった数回話しただけで、すれ違うと声をかけてくれたり手を振ってくれる。男子だからとかそういう理由よりも、誰に対しても分け隔《へだ》てなく接する子なのでは？　そう思っても、口に出してしまえば空気が凍《こお》りつきそうだ。

「あ……そういえば遥ちゃんって髪型、変えたよね」

別の話題がうまく思いつかなくて、咄嗟《とっさ》に口にする。すると、由絵と英里奈が目を丸くして話を止めた。

「あれじゃない？　失恋して髪切る的な？」

由絵の言葉に英里奈が「失恋アピール？」と馬鹿《ばか》にしたように笑う。

話題逸らしに失敗をして、燃料《ねんりょう》を投下してしまったかもしれないと、血の気《け》が引いていく。すると真衣が、私を見てにこっと微笑《ほほえ》んだ。

「遥ちゃんって、ショート似合ってるよね～！」

この反応だと、真衣自身は遥ちゃんのことを嫌いではないみたいだ。

「真衣もショート似合いそう！」

すぐに由絵が声を弾ませながら言うと、真衣が巻いている毛先を指先で持ち上げながら、「そうかな～」と呟く。

「真衣の髪色もかわいいよね。ソユンちゃんみたい！　美容院で染《そ》めてるの？」

英里奈が羨ましそうに真衣のオレンジがかった茶髪を眺める。ソユンちゃんというのは、今SNSで人気の韓国モデルだ。

「自分で染めてるよ～。アプリコットブラウン、お気に入りなんだよね」

「え、どこのメーカーのやつ？」

髪色のことで真衣と英里奈が盛り上がっていると、由絵がテーブルを軽く叩《たた》いた。

「やっぱ一条くん、目立つよね」

由絵の視線の先には、受け渡し口のところに並んでいる生徒たち。その中で一際《ひときわ》目を引く金髪の男子生徒は、間違いなく一条くんだ。けれど私は彼のすぐ後ろにいる黒髪の男子の方に目がいってしまう。

……時枝くんも今日は食堂なんだ。

「あの見た目と中身で、一途《いちず》って最高すぎない？」

うっとりとしながら話す真衣は、一条くんに好きな人がいると知っていても夏から片想いをしている。

一条くんと時枝くんは私たちとはだいぶ離れた席に座り、由絵が席を向こうにすればよかったと残念がる。

私は近くだと時枝くんを意識してしまって、食べ物が喉《のど》を通らなさそうなので遠くてよかったと内心ほっとした。

「夏休みに花火やったとき、ほんっとかっこよかったな～」

「真衣がジャンケンで負けてひとりで買い出し行くとき、来てくれたんだっけ？」

前に興奮気味に話してきたことを思い出しながら聞くと、「そうそう！」と真衣が目を輝かせた。

「女の子ひとりだと危ないからって言って、ついてきてくれたの！」

去年の夏休みに真衣は他クラスの友達に呼ばれて、急遽《きゅうきょ》花火をすることになったらしい。集まったメンバーの中に、一条くんがいたそうだ。飲み物がほしいと誰かが言い出して、買い出しジャンケンをして真衣が負けた。そしたらすぐに一条くんが追ってきてくれたらしい。

「話もおもしろいし、荷物も持ってくれるし、買い出しに来たんだから寄り道して内緒でアイス食べちゃおとか言って～！　もー、かわいすぎ！」

由絵と英里奈が、まるで自分が体験したみたいに照れながらきゃーと騒ぐ。

一条くんは女子たちの中ではアイドルみたいな存在で、憧れている子が多い。上級生の女子からも時々呼び出しを受けているほどらしい。

「一条くんって裏表のない感じで優しいし、あれはモテるよね～！　彼女になったらめちゃくちゃ大事にしてくれそう～！」

「真衣なら告白したらいけるんじゃないかな？　だって買い出しついてきてくれたり、優しくしてくれるんでしょ」

英里奈がにやにやとしながら言うと、真衣は首を横に振る。

「みんなに優しいから、私が特別なわけじゃないんだよね～。一条くんって思わせぶり上手だから。私は振られた女子みたいに気まずくなりたくないし～」

告白して振られるくらいなら、友達のままでいたい。真衣のその気持ちは、私にもわかる。

「私の元彼も一条くんみたいな人だったらよかったのにー！」

「由絵、まだあの人引きずってるんだ？」

別れた元彼を引きずっている由絵に、真衣が呆れたように笑う。

相手は大学生で、去年の十月に浮気されていたことが発覚した。由絵は別れを決意したものの、ひと月後に一度よりを戻した。けれど結局うまくいかずに、すぐに別れることになってしまったのだ。

「まだとか言わないでよー。私傷心《しょうしん》中なんだから」

うどんを食べていた手を止める。今にも泣きそうな由絵にポケットティッシュを差し出すと、「紗弥〜」と目を潤《うる》ませながら抱きついてきた。

「早く次の恋したいよー。もうひとりのクリスマスやだ」

「年明けたばかりだし、次のクリスマスまで時間あるよ！」

元気出してと由絵を励《はげ》ましていると、なにかを思い出したように英里奈が声を上げる。

「そうだ。一条くんといえばさ、時枝くんと同じ中学らしいよ」

〝時枝くん〟という名前が出てきて、どきりとした。

動揺《どうよう》を悟《さと》られないように私は英里奈と真衣の話に耳を澄《す》ます。

「だからあのふたりってクラス違うのに仲いいんだってさ」

「へぇ〜、そうだったんだ。時枝くんって、顔はかっこいいけど……なんかねぇ」

真衣の言葉の意味がわからず、「なんか？」と聞き返してしまう。

「とっつきにくいじゃん？　普段からあんまり喋《しゃべ》らないってのもあるけど、話しかけるなオーラがあるっていうか。私みたいなタイプ嫌ってそう」

確かに話しかけにくい雰囲気があるけれど、実際話してみるとよく笑う。

それに今日だって、授業中に居眠りをしそうになっていたので、シャーペンのキャップの部分でつついてみると、慌《あわ》てて飛び起きていた。

大きな反応をしてしまったことが恥ずかしかったのか、耳まで真っ赤にしていてかわいかった。思い出すだけで口元が緩んでしまう。

「私ちょっと苦手なんだよね～」

真衣にとっては何気ない発言だったのかもしれない。

けれど、心の奥の方にざらついた感情が押し寄せてくる。

真衣の気持ちと、私の気持ちが別物なのは当たり前なことだ。

だけど、妙な不快感と悲しさが入り混じって、感情が溢《あふ》れないように硬い小石のようなものをゴクリとのみ込んだ。

けれどそれは、喉元に引っかかったまま落ちてくれない。

「わかる～！　話しかけても大抵興味なさそうな反応してきて素《そ》っ気《け》ないし」

由絵がテーブルに頬杖《ほおづえ》をつきながら、片方の口角をつり上げる。

「ああいうタイプって、付き合っても退屈《たいくつ》しそうじゃない？」

英里奈も真衣も「だよね」と頷く。私はなにも反応を示せなかった。

四人のこの空間で、私の居場所だけが急に狭くなったような感覚になる。

だからって私の気持ちが変わるわけでもない。

周りに知られたら時枝くんと接しにくくなるかもしれないと黙《だま》っていたけれど、別の意味で言い出しにくくなった。

「付き合うならやっぱ一条くん方がよくない？　明るくて楽しいし」

みんなの笑い声が響く中、私はぎこちなく笑うことしかできなかった。

四人の輪に小さな違和感を覚えたのは、それから数日後だった。

休み時間にいつものように真衣の席の近くで喋っていると、由絵がスマホを机に置いた。

「ミモザの香水、一昨日《おととい》発売したみたいだよ。真衣、こないだ欲しいって言ってなかった？」

由絵の画面に表示されているのは、淡い黄緑色の香水ボトル。そういえば少し前に真衣が話していた。

「それバイト代入ったら買おうと思ってたんだよね。でも先にお店で香り確認してみようかな〜。紗弥、一緒に行かない？」

こういうときはよく英里奈に話題を振るので、珍《めずら》しいなと思いながら私は頷く。

するど、英里奈が後ろから真衣に抱きつくようにして話題に入ってくる。

「私これ買ったよ！　明日持ってこようか？」

真衣は目を細めると、軽く息を吐いた。

「……いいや。お店行くから」

「そっか」

後ろにいる英里奈からは真衣の顔が見えない。けれど私のいる位置からは、真衣が冷たい表情をしているのが見えてしまった。

「由絵は今日バイトだし、紗弥は空《あ》いてる？」

「うん、大丈夫だよ」

「じゃ、一緒に行こ〜」

休み時間終了のチャイムが鳴り、私たちは各々《おのおの》の席へ戻っていく。

私に笑いかけた真衣はいつも通りだったし、先ほどの表情は気のせいだったと思いたい。

けれど、指先に小さなトゲが刺さったような感覚が残り、無性に不安になってしまう。

振り返ると、真衣がこめかみの辺《あた》りを指先で押さえるのを見て、もしかしてと思った。

私はカバンに入れていたポーチから錠剤《じょうざい》を取り出すと、真衣の元に戻る。

「痛み止め、飲む？」

「え……」

真衣は目を丸くして、私が渡した薬を見つめている。

「もしかして具合悪いのかなって思って……違った？」

よく生理のときに頭も痛くなると言っていたので、今回もそうなのかもしれない。

真衣は眉尻《まゆじり》を下げて、弱っているような表情になる。目が潤んでいる気がして、私は慌てて、しゃがんで顔を覗《のぞ》き込む。

「大丈夫？　つらいなら保健室行く？」

「ううん。ありがと、紗弥。これもらうね」

かなり痛みを我慢していたみたいだ。英里奈に対して、冷たい気がしたのは体調が悪いときに抱きつかれたからなのかもしれない。

私は心に引っかかっていたものが消えて、いつもと変わらない様子に安堵《あんど》した。

けれど、だんだんと空気がピリついてきたのは一月の終わり。

いつものように昼休みに購買へ向かう途中、由絵があからさまに態度に出して英里奈に素《そ》っ気《け》なく接した。

「由絵、なんか機嫌《きげん》悪い？」

「別に悪くはないけど」

そう言いながらも由絵の語気《ごき》は強く、苛立《いらだ》っているように見える。

「私なんかした？」

英里奈が不安そうに問いかけると、真衣がわざとらしくため息を吐いた。それが合図のように、由絵が「てかさぁ」と話を切り出す。

「英里奈って少し前から真衣と同じカーディガンだよね」

「え、それはただ好きな色着てるだけで……」

「前まで違ってたじゃん。それにメーカーまで一緒なのは、なんで？」

ふたつに結んだ髪の毛を指先にくるくると絡ませながら、由絵が横目で英里奈を見る。その眼差《まなざ》しに敵意を感じて、私は自分に向けられたものではないものの、息をのんだ。

たしかに英里奈がよく着ているのはピンクや白のカーディガンで、真衣が着ている色やメーカーとかぶっている。

ただそれだけで怒るの？と言いそうになる。でも口を挟《はさ》めるような空気ではなかった。

「それに、カバンもローファーも真衣と一緒のやつだし、昨日染めようかなって言ってた髪の色も真衣と同じ色じゃん。それってあえてやってんの？」

「私、そんなつもりじゃなくて、偶然で！」

由絵からの指摘に戸惑《とまど》った様子の英里奈に、真衣が目を細めて厳しい視線を向ける。

「英里奈さ、私に隠してることない？」

「え？　特に隠してることなんてないよ？」

「ふーん」

自然と私たちは足を止めて、廊下の隅に寄った。

無言がしばらく続く中、お財布を握り締めながら、私は英里奈と真衣を交互に見る。英里奈の顔色が悪い。心当たりがあって焦《あせ》っているのか、それとも身に覚えがないのか、いずれにせよ言葉がうまく出てこないようだった。

この場でなにもわかっていないのは、私だけなのかもしれない。

「好きな人、いないって言ってなかったっけ」

真衣の言葉に英里奈が目を見開いて硬直《こうちょく》した。畳みかけるように真衣が平坦な口調で言葉を続ける。

「休日に一条くんとふたりでよく会ってるんでしょ？　しかもクリスマスの日、私の誘いは断ったけど、その日も一緒だったらしいじゃん」

「え……あ、それはその、一条くんのバイト先が私の家の近くのパン屋さんで……でも親に頼まれて買いに行ってるだけで」

「カフェスペースに座って喋ってるの何度も見たって人がいるんだけど」

「一条くんの休憩のときに少しだけ一緒にお茶してて……本当にそれだけなの！」

必死に事情を説明している英里奈は今にも泣き出しそうだった。

「他の子に、一条くんが好きなのに、真衣が怖くて打ち明けられないって言ったんだって？」

なにも言い返せない様子で英里奈は気まずそうに俯《うつむ》き、真衣がため息を吐いた。

「別に誰が先に好きになったとか関係ないし、私は好きな人が被《かぶ》ってもなんも言わないけど。でも嘘《うそ》つかれるのが一番嫌」

「ご、ごめ……っ」

声を震わせながら謝罪している英里奈を見ている真衣の目は、冷め切っている。

「こないだも、好きな人いるなら話してねって言ったじゃん。それなのに、いないよって言ってたよね」

私の知らないところですでに一度、確認のため真衣は英里奈に聞いていたらしい。それでも英里奈は、本当のことを言わずに嘘をついた。それが真衣にとっては好きな人が被るよりも受け入れられないことだったみたいだ。

「裏で私の悪口言ってるんでしょ」

「悪口なんて……」

「英里奈が私のこと、なんて言ってたのか全部聞いたんだよ。英里奈のそういうとこ、無理」

真衣は私の腕を掴《つか》んで、「行こ」と引っ張ってくる。立ち尽《つ》くしている英里奈は呆《ぼう》然《ぜん》と床を見つめていて、視線が合わなかった。

「紗弥」

気にしなくていいからというように由絵が私の名前を呼ぶ。

このまま英里奈をひとりにしてしまっていいものなのか迷いつつも、私は彼女のもとに駆《か》け寄る勇気が出なかった。

その日の放課後、英里奈が話しかけようとすると、真衣は舌打ちをして横切っていく。すぐ近くにいた由絵は「うざ」と言って、真衣のあとに続いていった。

私は足を動かすことができなくて、傷ついた表情で泣くのを堪《こら》えている英里奈を見つめる。

「……英里奈」

名前を呼ぶと、英里奈がうつむく。その瞬間、涙が床にこぼれ落ちた。

そしてそのまま顔を上げることなく、走って私の横を通り過ぎていった。

翌日から、英里奈は私たちに近づいてこなくなった。

真衣も由絵も英里奈にだけは頑《かたく》なに話しかけないため、クラス中が仲違《なかたが》いしたことを察しているようだった。

少し前までは楽しかった関係が、嘘のように消えてしまった。

英里奈と真衣の関係をどう修復したらいいのだろうと悩《なや》んでいると、目の前の席に座っている時枝くんが振り返った。

「これ、いる？」

青いパッケージでラムネと書かれている袋が机に置かれる。

「パチパチするやつ苦手じゃなければ」

「ありがとう」

時枝くんからお菓子をもらえたことが嬉《うれ》しくて、袋の中から小さな包みをひとつ取る。それを開封すると白くて丸いラムネの中に、紫色の粒が入っていた。

口の中でしゅわっとラムネが溶けていく。そしてすぐに舌の上でなにかが弾け出した。

「――っ！」

言葉にならない声を上げて、口元を押さえると時枝くんがおかしそうに笑う。

「パチパチするって、言ったじゃん」

「だ、だって、こんなに弾けるとは思わなくて！」

変な声を出してしまったので、あとからじわじわと恥ずかしくなってきた。

「他の味もあるから、あげる」

時枝くんが袋から三種類のラムネを取り出すと、私の机の上に並べる。

「気晴らしに食べて」

きっと時枝くんだって、私たちの関係の変化に気づいているはずだ。もしかしたら気を遣《つか》わせてしまったのかもしれない。

教卓側から視線を感じて振り向くと、英里奈がこちらを見ていた。

けれどすぐに目を逸らされてしまう。こんな状況なのに、時枝くんと話して、ひとりだけ浮かれてしまったことに罪悪感を抱いた。

……英里奈と話をした方がいいかもしれない。

そう思って、立ち上がると、休み時間終了のチャイムが鳴ってしまった。

授業が終わると、私はすぐに英里奈の席へ歩いていく。けれど声をかけようとしたタイミングで英里奈が教室から出ていってしまった。

慌てて廊下に出て追いかけると、「宮里さん」と誰かに声をかけられた。

振り返った先には、金髪の男子生徒が立っている。

「今ちょっといい？」

「え、うん」

真衣と一緒にいるときに会話をしたことはあるけれど、一条くんから声をかけてきたのは初めてだった。

「これさ、清春に渡しておいてくれない？」

目の前に差し出されたのは、数学の教科書。

「借りたままだったんだ。宮里さんって清春と席近かったよね」

「うん。渡しておくね」

時枝くんの数学の教科書を受け取って、視線を上げると廊下の隅の方で英里奈が立っているのが見えた。

真衣の言う通り英里奈が一条くんのことを好きなら、私と一条くんが話していることを、よく思わないかもしれない。妙な誤解を招いてしまう前に、すぐに教室へと戻って時枝くんに教科書を渡しに行った。

結局その日、英里奈とは話をできなかった。そして、明日、また明日と話しかけるタイミングを逃してしまい、日が経《た》つにつれて話しかけにくくなっていく。

英里奈に話しかける人はいなくなり、完全に教室で孤立してしまった。

三人になった私たちのグループは、何事もなかったかのように学校での噂話とか、

SNSの話題で盛り上がる。

「ねー、ふたりともこの動画見た？」

由絵のスマホを覗き込みながら、私は頷く。

「知ってる！　最近話題になってるやつだよね」

笑顔を貼り付けながら、胃《い》の辺りに得体の知れない黒い影がうごめいているような不快感を覚えていた。

話をしていても心がどこかに置いてきぼりで、以前のように学校を楽しめない。自然と視線が教室でひとりぼっちでいる英里奈に向いてしまう。

真衣も時折、英里奈がいる方向へ視線が行っているのがわかる。

気にしていないように振る舞っているけれど、本心では完全に遮断《しゃだん》することができないのかもしれない。

私たちの日常は些細《ささい》なことで変化してしまう。

当たり前のように一緒にいたはずなのに、今ではまるで知らない人みたいだ。

「あのさ、ふたりとも」

こんなのやめようよ。せめてもう一度英里奈と話をしよう。

そう言いたいのに、私は言葉に出せない。

「どうしたの、紗弥」

私、真衣のことが好きなのに時々怖い。

英里奈の近くを通り過ぎるとき、どうして舌打ちをしたり、睨《にら》んだりするの？

由絵だって、なんで便乗して聞こえるように悪口言っているの？

なにもされていないはずなのに、由絵はいつだって真衣の肩を持つ。

由絵の本当の気持ちが知りたい。英里奈とふたりで時々一緒に遊んでいたほど、仲が良かったはずなのに。

だけど私も、いつも本音を口にできない。

「飲み物なくなっちゃったから、買ってくるね」

誤魔化すように笑って、見て見ぬフリをしている。自分を守るために、私は誰かを傷つけている。わかっているのに、声を上げることができなかった。

自動販売機の前に着くと、時枝くんがちょうど飲み物を買っているところだった。

私に気づくと、時枝くんは「少し話さない？」と声をかけてくる。

「……うん」

私はお茶のペットボトルを購入してから、廊下の隅の方で待っていた時枝くんの隣に立つ。

「あのさ、宮里」

声がいつもよりも硬い気がして、身構《みがま》えてしまう。

「最近、大丈夫？」

「え？」

「宮里、思い詰めた顔してるから。……なんとなく理由はわかるけど」

彼が言う〝理由〟がなにを指しているのか聞かなくてもわかる。

英里奈だけが仲間外れになっているのは一目瞭然《いちもくりょうぜん》だ。

「……どちらかの味方をしたいわけじゃなかったんだ」

でも結局流されて、英里奈をひとりにするような状況になっている。

「私がなにかされたわけじゃないのに。だけど、自分に矛先《ほこさき》が向くかもって思うと、怖くてなにもできなくて」

英里奈たちの件で溜《た》め込んでいた思いを口にするのは、初めてだった。

言葉にすることで、自分の中にある感情の形が見えてくる。

「けど、やっぱりこのままは嫌だな」

英里奈が一条くんのことが好きだってことも、真衣に打ち明ける勇気が出なかっただけなのかもしれない。だって私も英里奈の立場だったら、真衣にすんなりと同じ人が好きだと打ち明けることなんてできない。

「楽しかった頃に戻りたい」

話を切り出すことは怖いし、できれば平穏に過ごしたい。話してもお互いが納得する結果にならなくて、以前のように一緒にはいられなくなる可能性だってある。けれど気まずい思いを抱《かか》えながらなにもせずにいたら、いずれ後悔をすることになるかもしれない。

「近いうちに、みんなと話してみる」

「……そっか、なんか余計な口出してごめんな」

「ううん。気にかけてくれてありがとう、時枝くん」

お礼を言うと、時枝くんが安堵したように柔らかく微笑んだ。


英里奈にいつ話しかけるかで頭がいっぱいだった。けれど、英里奈はその日、早退してしまい、結局声をかけられなかった。

「――そうそう、聞いてよ」

隣を歩いている未羽《みはね》が、白い吐息《といき》を漏らす。

私たちは中学から一緒の友達だ。高校になってからクラスが離れたけれど、こうして未羽のバレー部の練習がない日は帰る約束をしている。

「昨日さ、弟に私のアイス勝手に食べられたんだけど、見てよここ！　ちょっと言い合いになって、あいつ引っ掻いてきたの！」

未羽がうっすらと頬に赤い線のように残っている傷を見せてくる。

「本当だ。ちょっと痕《あと》になってるね」

「あいつ、本当腹立つ！　絶対あのアイス弁償《べんしょう》させてやる！」

石井《いしい》家のきょうだい喧嘩《げんか》はいつものことだ。それよりもこんな真冬にアイスを食べていることの方に、私は驚いた。

「未羽、寒くないの？」

冬だというのにコートを着ず、ブレザーを羽織《はお》っているだけ。マフラーすらしていない。長い髪も高い位置でひとつに束《たば》ねているため、耳が出ていて寒そうだ。

「下にジャージ穿《は》いてるよ〜。ほら」

未羽はスカートを指先でつまむ動作をして、ニッと白い歯を見せて笑う。

「でも短パンだし、あんまり暖かくなさそうに見えるけど……」

「私、寒さに強いからへーきへーき！　紗弥こそマフラーに埋《う》もれて息苦しくない？」

私はというと、分厚くて白いマフラーを首に巻いて、厚手のダッフルコートを着ている。防寒対策をしているものの、外気に晒《さら》されている膝《ひざ》が冷えて赤くなっていた。

「むしろもっと暖かくしたいくらいだよ。今日特に寒い」

こんなときはズボンを穿いている男子が羨ましくなる。寒くてスカートを下げても、どうしても足を完全に隠すことはできない。

ふとそんな会話を英里奈と真衣が仲良かったときにしていたなと思い出して、無性に寂しくなってくる。あんなふうに笑い合う日はもうこないのかもしれない。

「紗弥、なんかあった？」

「え？」

「元気ないじゃん」

隣を歩く未羽をちらりと見ると、控えめに微笑まれる。

「ちょっと……友達との間でいろいろあって。だから少し考え事してたんだ」

軽く息を吐くと白く空気に溶けていく。冷え切った指先をダッフルコートのポケットの中に突っ込んで、ぎゅっと握り締めた。

「でも、ちゃんと話そうって思ってる」

だから心配しないでと笑いかける。

「あのさ、紗弥」

目が合うと、未羽が言いづらそうにしながら言葉を続ける。

「英里奈とあんまり関わらない方がいいと思う」

「え？　なんで……？」

このタイミングで英里奈の話をされたことに、顔を硬くする。

未羽は英里奈と同じバレー部員だ。もしかしたら私たちの間で起こっていることを本人から聞いたのかもしれない。

「そのいろいろって、英里奈が関わってんじゃないの？」

「なにか英里奈から聞いたの？」

「そういうわけじゃないよ。ただバレー部でも、英里奈が原因で揉《も》めることあるからさ」

初めて聞いた内容に、私は思わず「揉めてるの？」と聞き返してしまった。すると未羽が苦い顔をして頷く。

「そ。しかも、何度もあるんだよね。少し前は、遥が英里奈に怒ってたし」

今まで、英里奈から部内でトラブルがあったという話は、一度も聞いたことがなかった。

廊下で、英里奈がバレー部の人と会話をしているのを目撃したことがあったけれど、特に険悪《けんあく》そうには見えなかった。

「英里奈って明るいし人当たりいいから、最初は気づかないけど、仲良くなるといろいろ問題あるし、バレー部でも頻繁《ひんぱん》にトラブルがあって結構参《まい》ってるんだよね」

滅多《めった》に人のことを悪く言わない未羽がここまで言うことに内心驚いた。英里奈に対して、未羽の中で許せないことがあるのかもしれない。

「紗弥たちの揉めてる内容って、誰かの物真似《ものまね》をしたり、欲しがっていたものを先に買ったりとか、そういうのではないの？」

「え……」

「部内でもよくあったんだよ。誰かが欲しいって言ってたものを、数日後には英里奈が持ってたり、行きたいって言ってた場所を英里奈がＳＮＳに上げてたり」

「でもそれは……」

「もちろん偶然かもってみんな初めは思ってたよ。だけど、それがあまりにもしょっちゅうあったんだ。しかも誰かがおすすめしたものを、他の人にまるで自分が見つけたみたいに教えてたりして、だんだん不信感が募《つの》っていったんだよね」

私たちの間でも、真衣が欲しがっていた香水を先に英里奈が買っていたこともあった。

それ以外にも英里奈が持っている物と真衣が持っている物が被っていることが多い。私はそれを、ふたりは気が合うし仲がいいからだと捉《とら》えていたけれど、実際は一方的なものだったのかもしれない。

「中学一緒だった子に聞いた話なんだけど、その子の好きな人を知った英里奈が、応援してるって言ってたのに、その男子と裏でこっそり仲良くしてて英里奈が付き合い出しちゃったんだって」

どくんと、心臓が嫌な跳ね方をした。それは今の状況と少し似ている。

「信じたくないかもしれないけど、英里奈がどういう人か理解した方がいいよ。一旦仲直りしても、また揉めるかもしれないし」

真剣な顔をしている未羽から、私は思わず視線を逸らしてしまう。

英里奈を信じたい気持ちと、未羽が嘘をついているようにも思えない気持ちがせめぎあって、頭が混乱してくる。

誰かの真似をしたり影響を受けるのは、されている方は嫌な気持ちになるのだと思う。けれど一条くんの件は真相がわからないし、英里奈と接していて私自身が傷つけられたことはない。

「紗弥のこと、心配なんだ」

「……うん。でもこのまま終わらせたくないから、一度ちゃんと話してみる」

「話しても意味ないと思うけど」

どうしてそんな風に決めつけるのかと未羽を見ると、呆れたように肩を竦《すく》められる。

誰かの真似をするという英里奈の行動に思い当たる節《ふし》もあったので、未羽から聞いた内容に驚きつつも、納得してしまう自分もいる。

けれどそれが英里奈の全てだとは思いたくなかった。今は揉め事があったから、悪いところばかりに目が行ってしまっているだけだ。

「英里奈は明るくていつも周りを盛り上げてくれたし、私は嫌なことなんてされてないよ」

「今の話聞いても、紗弥は英里奈のことといい子だって思ってるの？」

「だって、誰かが落ち込んでると真っ先に元気づけようとしてくれるのはいつも英里奈だったから……揉める件も私は英里奈だけが悪いなんて思えなくて」

由絵が彼氏と別れて泣いていたとき深夜まで電話をしたり、歌うこと好きだからってカラオケに誘って元気づけようとしていた。

「ならなんで、英里奈の周りばっかり問題が起こるの？」

「それは、バレー部のことは私にもよくわからないけど……、でもクラス内での揉め事はこれが初めてだから」

「紗弥は、英里奈の都合のいいところしか見ようとしてないんだよ」

「――っ、なら未羽は英里奈の悪いところばかり見ようとしてるんでしょ」

お互い引く気のない会話が続いて、私と未羽が喧嘩をしたかのように気まずい空気が流れた。

そのまま大した言葉を交わさずに、分かれ道までたどり着く。

普段なら、元気よく「またね」と言葉を交わすのに、「じゃあね」とだけ未羽が口にして背を向けてしまう。私たちはそのまま別々の道を歩いた。

英里奈にメッセージを送ろうか、それとも電話をしようかと悩んでいると、日曜日の夜、向こうからメッセージが届いた。

【明日の朝、話があるから二階の視聴覚室の前に来て】

絵文字もスタンプもなくて素っ気ない。私と英里奈の今の距離が文面に出ている気がする。それでも話せる機会を得られたことに、胸を撫で下ろした。

翌日、いつもより少し早く家を出て、英里奈との待ち合わせ場所である、二階の視聴覚室の前で足を止める。

【着いたよ！】とメッセージを送ると数分後に英里奈がやってきた。

「連絡くれてありがとう」

話しかけても英里奈は無表情のままで、白いカーディガンのポケットに手を入れて壁に寄りかかっている。普段とは違う様子の彼女に戸惑いながらも、私は今回のことについて謝罪した。

「英里奈、ごめんね」

けれど、英里奈はなにも言わずにただ私のことを見つめている。

流されて距離を置いた私に怒っていてもおかしくない。それでも怯《ひる》まずに思っていることを今伝えないと、私たちの関係はここで終わってしまう。

「仲間外れにしたいわけじゃなかったの」

ふっと力なく英里奈が口角を上げた。

「そうだよね。紗弥って自分からはそういうことしないもんね」

「……できれば、英里奈の気持ちとか考えを聞かせてほしい」

緊張で声を震わせながら口にすると、英里奈が深いため息を吐いて、顔を顰《しか》めた。

「私の気持ち？　本当に聞きたいの？」

「……うん」

「なら、そうやっていい子ぶるのやめてくれない？」

想像もしていなかった発言に、私は言葉を失った。

「紗弥はさ、自分は悪者にはなりたくないから都合よく周りに合わせてるよね。それに内心私のこと見下してるでしょ。……まあそれは、由絵も真衣も一緒か」

「っ、そんなことしてない！」

とっさに否定すると、英里奈は涙を浮かべながら私を睨みつける。

「私、紗弥のいい子ぶってるところが嫌だった！　平和主義で人のこと悪く言いたくないって感じ出してて、でもいつも本音隠してるから、なに考えてるのかわからない」

「え……」

「だから紗弥といると苛々《いらいら》すること多かった」

揉め事が起こる前から、英里奈は私のことを〝嫌がっていた〟。

その事実を突きつけられて、膝《ひざ》から崩れ落ちそうになる。

今まで私に向けられていた英里奈の笑顔は、偽《いつわ》りだったの？

悲しいという感情だけでは言い表せないほどの、衝撃や虚《むな》しさが襲《おそ》ってきて、目に薄い膜《まく》が張られていく。

「私が真衣と揉めたこと、未羽に話したでしょ」

その言葉に私は目を見張る。

「……っ、なんで言いふらすようなことするの？」

英里奈の件で悩んでいることは未羽も知っているけれど、具体的に誰となにがあったのかまでは知らないはずだ。

「紗弥は単なる雑談として言ったのかもしれないけど、バレー部で真衣と揉めたってことが、大げさな内容になって広まってるんだよ」

「ま、待って、英里奈」

「人の好きな人を奪いたがるとか、一条くんと不釣り合いだとか、真衣の真似して〝いいね稼ぎ〟したいだけだとか聞こえるように悪口も言われて、みんな素っ気なくて、帰りも私だけ置いていかれるの。昨日なんてまだ更衣室にいたのに電気消されて……こんなのいじめだよ」

「未羽にはクラスで揉め事があるとは言ったけど、私、なにがあったのか詳しく話してないよ！」

慌てて事実を告げると、英里奈の唇《くちびる》がゆっくりと動いた。

「嘘つき」

静かな怒りを含んだ低い声が耳の奥から、全身に駆け巡《めぐ》る。私はまるで金縛《かなしば》りにでもあったように、指一本すら動かせなくなってしまった。

「私と真衣が揉めた理由も全部誇張《こちょう》して話したくせに。紗弥が口が軽いせいで、私がどれだけ部活でいづらくなったかわかる？」

未羽にそこまで話していない。それなのにどうして私のせいになっているのだろう。

「それにこないだ紗弥が一条くんと話してたとき、こっちを見てることに気づいて、言いふらしてるんじゃないかって怖かった」

「ちが……っ、言いふらしてなんかないよ！」

「私、もう紗弥の言葉を信用できない」

一条くんと話したのだって、時枝くんに教科書を渡してと言われただけ。英里奈のことを話していないし、目が合ったのだって話し終わった後だ。

だけど、なにを言っても今の英里奈には私の声は届かず、信じてくれない気がした。

無言のまま立ち尽くしている私に、英里奈が涙目になりながら、つらそうな表情で訴えてくる。

「全部紗弥のせいだから」

それから廊下に取り残された私は、少しの間、放心《ほうしん》状態だった。

先ほどの英里奈の言葉や表情が、頭から離れない。

どこからが偽りだったのかと考えるだけで、楽しかった記憶を思い出すことすら抵抗が生まれてしまう。

「……っ、なんで」

涙が出そうになり、下唇を噛《か》み締める。

英里奈との関係の修復はできず、逆に悪化してしまった。もう私たちは元に戻れないかもしれない。

教室に戻り、クラスメイトたちの賑《にぎ》やかな声を聞きながら、楽しかった頃の自分たちを思い出してますます気分が沈《しず》んでいく。

教卓側におそるおそる視線を向ける。すでに英里奈は自分の席に座っていて、この場所からは背中しか見えない。

私が未羽に話したことで、噂が広がったと言っていたことが気になる。未羽に、英里奈と真衣が一条くんに関することで揉めたとまでは話していない。

スマホにメッセージを打ち込み、【英里奈がクラスで揉めてること、バレー部で広まってるって本当?】と未羽に聞いてみる。

するとすぐに既読になった。

【真衣ちゃんと英里奈が一条くんのことで喧嘩したとか、協力するフリをして内緒で会ってたとか部内で流れてる！　紗弥が悩んでたことってこれだったの？】

……どういうこと？

揉めた内容を詳しく知っているのは――私たち四人だけのはず。

返事をする前に、未羽からメッセージが届いた。

【特に遥が英里奈にブチ切れててヤバイ】

遥ちゃんが振られた話と、もしかして関係あるのだろうか。

【好きな人が被ってるからってこと？】

【少し前まで遥と英里奈よく一緒にいたから、ふたりの間でなんかあったっぽい。多分一条関連だと思うけど！】

部内での問題は、遥ちゃんと英里奈の関係がかなり影響しているみたいだ。でもどうして英里奈は、私が未羽に全てを話したと思い込んでいるのだろう。

誤解を解きたいけれど、どうするべきなのかがわからない。

悩んでいると、背後からいきなり抱きつかれた。

「さーや！　これ美味《おい》しかったから、おすそわけ！」

真衣は私の机の上に茶色の長方形の箱を置くと、食べてみて！と声を弾ませながらすすめてくる。

その箱には、チョコレートがオレンジにとろりとかけられているイラストが描いてあった。人気商品のシリーズもので、バレンタインが近いため新作が出たらしい。

「ありがとう、一粒もらうね」

「どうぞ～！」

箱に手を伸ばすと、抱きついていた真衣が離れた。

そして空いている目の前の席に座り、なにかを探るように上目遣《うわめづか》いで見つめてくる。

「ね～、紗弥。さっきどっか行ってたよね」

「あ、えっと」

トイレに行っていたと言おうか迷う。けれど、最近早く登校するようになった真衣は普段とは違う私の行動について指摘しているのだ。誤魔化しは通用しない気がする。

「なに話してたの？」

「え……」

真衣は私が英里奈と話をしていたことを気づいているの？

だけどそれを私の口から聞いてしまえば、英里奈とふたりで話した内容を伝えないと、真衣は納得しないはずだ。

「私に話せないこと？」

私が英里奈に嫌われていたことを知られたくない。それに、告げ口のようになって、ますます関係が悪化してしまうのも怖かった。

頭の中で必死に言葉を選ぶ。

「今はちょっとひとりで考えたいことがあって」

僅かな反応にすら神経を尖らせて、様子をうかがいながら真衣を見つめる。

「ふーん」

私を探るように真衣が目を細めた。

数秒沈黙が続くだけで、呼吸すらも躊躇うほどの重たい空気が流れる。

「そっか、わかった」

真衣は意外にもあっさりと引き下がった。打ち明けなければ、不満そうにされるかと思っていたので驚いた。

「話したくなったらいつでも言ってね！」

「……うん。ありがとう」

追及されなかったことに安堵して、真衣からもらった一粒のチョコレートを口に入れた。ほろ苦い味が口内に広がり、すぐにオレンジの爽《さわ》やかなソースがとろけ出す。

真衣に視線を移すと、思い詰めたような表情でこちらを見ていた。

「どうしたの？」

「私さー、中学のときに友達に嘘つかれたことがあったんだよね」

真衣が過去の話をするのは珍しい。最近の話は自分からすることが多いけれど、あまり昔の話はしたがらないのだ。

「親友だって言ってたのに、他の子の前では、私といると男子と話しやすいから仲良くしてるだけだって言っててさ」

結局利用されていただけなのだと真衣が寂しそうにこぼす。

だから英里奈の件も、以前のことと重なって過剰《かじょう》に反応してしまったそうだ。

「自分に都合のいいことしか見えてなくて、裏で悪く言ってるやつなんて信用できないじゃん？　そういう人、本当嫌い」

もしもこのことを英里奈が先に知っていたら、なにか変わっていたのだろうか。

「それに、やられっぱなしで黙ってるのって嫌なんだよね」

英里奈に舌打ちをしたり、睨みつけている姿を思い出して、私は手のひらを握り締める。

「……真衣は、英里奈と話し合う気はないの？」

「英里奈次第《しだい》じゃない？」

真衣から声をかける気はない。そのことに安堵してしまい、自分の中に抱いた醜《みにく》い感情に気づいてしまう。

真衣と英里奈が仲直りをしたら、英里奈に嫌われている私はどうなるんだろう。

私が言いふらしたと思っている英里奈は、そのことを真衣に話すかもしれない。

自分の居場所を失う可能性が頭を過《よぎ》り、血の気が引いていく。

「ねえ、紗弥」

真衣は私の机の上で頬杖をつきながら、にっこりと微笑む。

「私に絶対嘘つかないでね」

呼吸が、一瞬止まった。

――早く。早く答えないと。

私は内心かなり焦りながら、できるだけ落ち着いた声音《こわね》で答えた。

「……約束する」

嘘をつかない。たったそれだけに思える約束。

けれど真衣の言葉は、鎖《くさり》のように私の喉に絡《から》みつき、そっと絞《し》め上げてくる。

「そのチョコ、美味しいでしょ？」

もしも約束を破ったと思われたら、私は真衣に嫌われるだろう。そうならないように自分が気をつければいい。

わかっていても、約束はまるで呪《のろ》いのように私の動きを鈍《にぶ》くさせる。

「うん、美味しいね」

真衣から目を逸らすことができないまま、芽生《めば》えはじめた恐怖を笑顔で隠す。

オレンジの風味は消えて、口の中には苦味だけが残っていた。


金曜日の放課後、真衣と由絵が私の席までやってきて、買い物に一緒に行こうと誘った。

「もうすぐバレンタインデーでしょ？　見に行こうよ」

そして真衣はちらりと時枝くんに視線を向ける。

「ねえ、男子ってさ、手作りチョコと市販どっちがいいの？」

不意打《ふいう》ちで話しかけられた時枝くんはぎょっとした顔をすると、すぐに眉根を寄せた。

返答が気になって、私は息をのんで時枝くんのことを見つめる。

「くれる相手によるんじゃない？」

事前に聞けてよかったという思いと、時枝くんにとって手作りでも抵抗がない相手がいるのだろうかと、勝手に想像してへこんでしまう。

「それって彼女じゃなかったら、手作りは嫌ってこと？」

語気を強めて聞いてくる真衣に、時枝くんは視線を彷徨《さまよ》わせる。そして真衣の後ろを指さした。

「そういう話は、そいつが得意」

いつのまにか真衣のすぐ近くに一条くんが立っていた。へらりと笑って片手を振った一条くんは「なになに？　恋バナ？」と嬉々《きき》として輪に入ってくる。

「えっ、あ、一条くん！」

真衣がここまで動揺しているのを初めて見た。

「チョコって手作りと市販、どっちがいいかって話してたんだよね？」

助け舟を出すように由絵が言うと、真衣がほんのりと頬を赤くしながら頷く。

「もうすぐバレンタインだもんな～」

「一条くんは、どっち派？」

笑顔で聞きながらも緊張しているようで、いつもよりも真衣の表情が強張《こわば》っているように見える。

「ん～、付き合ってるなら手作りでも抵抗ない男子は多いんじゃね？」

一条くんも先ほどの時枝くんと同じ意見らしく、少し驚いた。

前に料理部の子が作ったクッキーを、一条くんが食べていたと真衣が言っていたので、手作りでも抵抗がない人なのかと思っていた。

「……一条くんは手作り苦手？」

手作りをあげようと思っていたのか、真衣の表情が先ほどよりも暗い気がする。

「俺は苦手じゃないよ。手作りでもおまけとしてくれる義理ならもらって嬉しい！　俺チョコ大好きだし！」

でも、と一条くんが普段よりも真面目な口調で言葉を続ける。

「本命なら、気持ちにこたえられないから、受け取れない」

視線は真衣の方を向いているように思えて、想いに気づいているのではないかと感じた。やっぱり一条くんに本命がいる話は本当なのかもしれない。

「あ、清春はいつでも本命チョコ受け取るよ～！」

「うるさい、余計なこと言うなって」

「ちょ、痛い痛い！」

一条くんは時枝くんに腕を引っ張られて教室を出て行く。振り返った時枝くんと目が合い、どきっと心臓が跳ねた。

そして軽く手を振られる。私はそっと右手を上げて、小さく手を振り返した。

束《つか》の間の幸せに浸っていると、すぐそばで深いため息が聞こえてくる。

「はぁ、今の絶対私に言ってた～！」

真衣が窓に寄りかかって脱力した。

「そんなことないって！　別に真衣に言ったんじゃないよ！」

慌てて慰《なぐさ》める由絵に対して、真衣は両手で顔を覆《おお》いながら首を横に振る。

「気づいてるって～！　一条くんの好きな人が私じゃないことくらいわかってたけどさー！」

由絵がこちらを向いて、小声で「どうする？」と聞いてきた。

さすがにああやって面と向かって言われてしまうと、誰だって堪える。私だったら、多分渡すことはできないと思う。

「チョコ見に行くのやめとく？」

おずおずと聞いてみると、真衣が顔を覆っていた手を離して口を尖らせる。

「……友チョコ、ならいいよね？」

きっと一条くんに片想いしている子たちは、本命を渡して断られるパターンと、友チョコのフリをして本命を渡すパターンに分かれるのだと思う。

それに真衣は、元々バレンタインを機に告白をしようと思っていたわけではなさそうだった。

「せめて友達でいたいし！　一条くんが喜びそうなおもしろいチョコ買おっと！」

落ち込む真衣の肩を、由絵が慰めるようにぽんぽんと叩く。

「てか、本命チョコは受け取らないって、やっぱ一条くんって一途でかっこよくない？」

一条くんに憧れを抱くいつも通りの真衣に戻ったので、私と由絵は顔を見合わせて微笑んだ。

「もうすぐ三年の先輩卒業なんだよね〜。先輩たちにもあげようかな」

真衣は中学から仲の良い先輩が数人いるらしい。由絵も同じ中学で共通の知り合いがいるようで、「私も渡した方がいいかなぁ」と悩んでいる。

「じゃあ、由絵と私でチョコ買って、先輩たちみんなに渡すことにする?」

「いいね、そうしよ!」

ふたりが盛り上がっている横で、私は別のことを考えていた。

クラス替えまであと少し。違うクラスになったら、私たちはそれぞれ別の人と仲良くなるのだろうか。

それは寂しくもあり、心のどこかでほっとしている自分もいる。

いつ真衣の怒りの矛先が私に向くかはわからない。

今は真衣と由絵の輪にいるけれど、私が英里奈の立ち位置になる可能性だってある。

一緒にいると楽しい。それは変わらないのに不安が膨《ふく》らんで影のように忍び寄る。

私は真衣の機嫌を以前よりも気にするようになってしまった。

私たちは駅ビルの地下で開催されているチョコレート展に行った。そこではバレンタイン用のチョコレートを売っているお店がひしめきあっている。

真衣はおみくじ入りのチョコレートを「これなら本命っぽくないかも！」と上機嫌で購入していた。由絵も友チョコを選んでいたので、私も真衣たちや未羽にあげるチョコレートを選ぶ。もう渡すのは難しいかもしれないけれど、一応英里奈の分も購入した。

そして、その中でひとつだけ、リボンの色を青に変えてもらった。

ナッツやドライフルーツが上にのったチョコレートのアソートで、いかにも本命という雰囲気が出ていないものをあえて選んだ。

告白をする勇気は出ないけれど、時枝くん用に準備だけはしておきたかった。

週末を迎えてから、異変が起こった。

真衣たちと繋《つな》がっているSNSで、私は日々のつぶやきを投稿している。バレンタインのチョコを買いに行った金曜日は、すぐに【いいね】が押されたのに、土曜日は無反応だった。

私がなにを投稿しても、【いいね】はひとつも押されない。真衣がSNSを見ないのは珍しい。毎晩欠かさずチェックしているはず。

土曜日の夜、SNSを覗いてみると、真衣が投稿していた。

【ありえない】

たった一言。それに由絵も【いいね】を押している。真衣が怒るようなことがあったのかと、妙な胸騒ぎがした。

誰に向けた言葉なのかが気になる。由絵が同調しているということは、由絵ではないはずだ。私も特に真衣になにかをした覚えがない。最近のことで思い浮かぶのは、英里奈とのことくらいだ。だけど休日に英里奈となにかあったとは考え難《がた》い。

【真衣、なにかあった?】

すぐにメッセージを送ってみたものの、翌日の月曜日になっても返事は来なかった。

教室へ行くと、クラスメイトたちの視線が一気に私の方へと向く。それは居心地の悪さを感じるほど鋭くて、睨みつけられているように感じた。

その中には英里奈もいる。最近では目が合うこともなかったのに、じっとこちらを見ていた。

一体なにが起こっているのか状況がのみ込めず、私は自分の席へと足を進めていく。

すると、席の近くに真衣と由絵が立っていることに気づいて、軽く手を振った。

「おはよう。今日いつもより早いね」

ふたりして私よりも早く登校していることは珍しい。

すると、真衣は挨拶《あいさつ》を返すことなく、スマホの画面を私に突きつけるようにして見せてきた。

「なに、どうしたの？」

機嫌が悪そうなふたりに困惑しながらも画面を覗く。そこにはＳＮＳの画面が映っていて、【Ｓ】というユーザーネームの投稿が羅列《られつ》されていた。

「これ書いてんの、紗弥でしょ」

「え？」

ぐっと眉を寄せて顔を顰める。まったく身に覚えのないアカウントだった。

「ちょっと待って。違うよ、これ私じゃないよ！」

「クラスのこととか、私たちしか知らないことも書いてあるけど？」

真衣が人差し指で画面をスクロールしながら、投稿を見せてくる。

【Ｍ衣って自分のこと可愛いって思ってるっぽいけど、化粧濃すぎだし痛いｗ】

【Ｍ羽って仕切りたがりで痛い。サバサバしてる私、かっこいいとか思ってるでしょ】

【Ｙ絵はＭ衣の機嫌取りに必死すぎてウケる。だから彼氏に自分の意見ないの？って言われて振られるんじゃん】

【Ｔ枝くんが前の席だと話つまんなすぎ。Ｉ条くんだったらよかったのにな〜】

【Ｉ条くんから連絡きた〜！　今度ふたりで遊ぼうって誘われた！　Ｍ衣は完全脈なしじゃん。どんまいｗ】

【E里奈もいい子ぶってM衣の顔色気にしてハブられてんのｗ　I条くんの好きな人、お前らじゃないしｗ】

明らかに真衣と由絵、英里奈のことが書いてある。それに由絵が振られた理由や真衣と英里奈の好きな人まで知っているということは、このアカウントは間違いなく身近な人のものだ。

「紗弥がこんな人だとは思わなかった」

蔑《さげす》むような非難の目で見られて、胸を刺されたような痛みが広がる。

真衣は私がこれを書いたと確信しているようだった。隣にいる由絵も、「最低」と口にして、私のことを睨みつけている。

「裏垢《うらあか》なんてやってると思わなかった！」

「……裏垢？」

「こうやって別のアカウント作って、ずっと裏で愚痴書いてたんでしょ、ってこと！」

裏垢――愚痴《ぐち》を吐き出す、もうひとつのアカウントの存在を私は今まで知らなかった。こんな投稿、身に覚えがない。このアカウント自体、見たのは今初めてだ。

「紗弥、土曜日に間違えてこのアカウントでいいね押したでしょ。すぐ取り消したみたいだけど、通知って残るんだよ。もうクラス中に拡散されてるから、言い逃れできないから」

「っ、本当に私じゃないよ！」

「でも投稿されてる画像、紗弥が使ってるやつじゃん」

真衣に見せられた画像は、確かに私が買ったものと同じヘアミストが写っていた。けれど、それは私が【ｓａｙａ】というユーザーネームで、みんなと繋がっているアカウントに載せたことがある写真だ。

この【Ｓ】というアカウントは私ではない。

それなら——誰かが私のなりすましをしている？

「画像は私のアカウントから拾えるし、誰かが私のフリしてるんだと思う」

お願い信じて！とふたりに懇願《こんがん》する。けれど真衣が顔を歪《ゆが》ませて、泣きそうな顔で笑った。

「なんのために？」

「それは……わからない、けど」

「裏垢見つかって焦ってるようにしか見えないんだけど」

真衣は手で顔を覆い、かすかに震えた声で言葉を続ける。

「今まで紗弥のこと信じてた私って馬鹿みたいじゃん。……っ、裏ではずっとこんなこと思ってたんでしょ」

由絵が真衣の肩を抱いて心配そうに「泣かないで」と声をかける。そして私を心底軽蔑《けいべつ》するように睨みつけてきた。

「紗弥って平気で嘘ついたり裏でこんなこと書く人だったんだね」

「ち、ちが」

「まだ嘘つく気？　本当最低なんだけど」

私たちのやりとりを教室にいるクラスメイトたちが見ている。

――怖い。みんなの目が私を責めるように鋭い。

拡散されていると真衣が言っていたので、おそらくはほとんどの人があの投稿を見ていて、この会話の流れから私だと思っているはずだ。

「……宮里」

時枝くんは心配そうな様子で声をかけてくれようとしたけれど、周囲の男子に止められていた。

「関わんないほうがいい。あいつ、ヤバいって」

そんな声が届いて、耳を塞《ふさ》ぎたくなった。

視界がぐらりと揺れるような感覚がして、目眩《めまい》がしてくる。

――お願い信じて。私じゃない。

この言葉が喉に突っかかって、頼りない空気だけがか細く吐き出される。

私がなにを言っても、真実は周囲によって決められてしまう。

真衣や由絵、クラスメイトたちが犯人は宮里紗弥だと思えば、それが真実になってしまい、私の言葉は嘘になってしまうのだ。

ホームルームの時間になり、担任の先生がやってきたため、ピリついた空気が流れる中、私たちは席に着く。

目の前の席に座っている時枝くんの背中を見つめながら、視界が歪む。

あの投稿には、時枝くんのことも書いてあった。

つまらないなんて思ったこと一度もない。席が前後になれたことだって、毎朝学校に行くことが楽しみになるくらい嬉しかった。

ホームルームが終わり、せめて時枝くんの誤解を解《と》きたいと思って、向けられている背中に声をかけようとする。

「と、」

最初の一文字を口にした瞬間、ぞわりと背筋《せすじ》が凍った。

私の行動を、クラスの人たちが見ている。

もしも今ここで時枝くんに話しかけたら、会話を全部聞かれるはずだ。そしてまた〝嘘つきだ〟と思われる。

私の言葉を周りに聞かれるのも、信じてもらえないことも怖い。目の前が真っ暗になりそうだった。

時枝くんがこちらに振り返った瞬間――私はとっさに席を立った。

複雑そうな表情で、私の様子をうかがう時枝くんの眼差し。

彼もあの裏垢が私だと信じているのだろうか。

逃げるように教室を出て、休み時間が終わるまでトイレの個室に閉じこもる。

そうしないと私は、教室で惨《みじ》めに泣き出してしまいそうだった。


その夜、真衣に何度も連絡を入れようか悩んだ。

電話かメッセージで、きちんと私ではないことを伝えた方がいい。だけど、また拒絶されたらと考えると、恐怖で身体が震えて涙が目尻から伝う。

先週の金曜日まで仲が良かったはずなのに、急に崩れ落ちてしまった。

……どうしてこうなってしまったんだろう。

私になりすましている人は、なにが目的なの？

例のアカウントを検索し、改めて投稿内容を確認していく。

【盗難《とうなん》騒ぎってM田の自作自演でしょｗ　あんなの別に欲しくないし。注目浴びたいだけ。あいつ目立ちたがりだし、五月蝿《うるさ》すぎる】

【T久保が彼女に振られたって話聞いて、R佳喜んでるのバレバレ。別れたからってあんたと付き合うわけでもないのにウケるｗｗ】

一部伏《ふ》せ字になっているけれど、内容に既視感《きしかん》があり、クラスメイトの話題だとわかった。しかも悪意がこもっているような書き方だ。

同じクラスだからこそ知っているようなこともあり、犯人はクラスの中にいる気がした。

このアカウントが開設されたのは昨年の秋頃で、最初はちょっとした愚痴だけだった。

人物の特定はできないような内容で、自分の話を聞いてくれないとか、自慢してくるとか、【いいね】してくれなかったとか、心に溜まった鬱憤《うっぷん》を晴らしているように見える。

だけどそれが、最近はエスカレートして名前を一部伏せているものの特定の誰かに対して書くようになっている。

このアカウントを見れば、宮里紗弥だと思う人がほとんどだろうし、【S】が私のフリをしているのは間違いない。

私が使っているアカウントに載せた画像をそのまま引っ張ってきているものもあるけれど、新規で撮っている画像もあった。よく食べているお菓子や使っているリップは、なりすましの相手がわざわざ揃《そろ》えたようだ。

私を陥《おとし》いれるためにここまでする用意周到《しゅうとう》さに、背筋がぞっとする。

顔の見えないこのアカウントの【S】は、私のドッペルゲンガーのようだ。

否定すればするほど、私自身が怪しくなる。

はなを啜《すす》りながら私は震える指先で個別メッセージを入力していく。

【こんなことするのやめて】

接触することは怖い。だけどこのまま私のフリを続けさせたくないし、せめて理由はなにかを知りたい。すぐに既読のマークがついたけれど、返事はこなかった。

見てもいいことはないとわかっている。けれど気になって、過去の会話履歴から真衣のアカウントをタップしてしまった。

――どくりと、心臓が跳ねて、浅く吸った酸素が刃物《はもの》のように喉を刺した。

「……っ」

力の抜けた手からスマホが滑り落ちる。

【ブロックされています】

真衣からはフォローを外され、投稿が見えないようにブロックされていた。ベッドに落ちたスマホに人差し指を伸ばして、由絵のアカウントも探す。予想通り、由絵も私をブロックしていた。

気づけば私をフォローしている人は十人以上減っている。他に誰が私のフォローを外したのかは、怖くて確認ができない。

「っ、ぅ……」

言葉にならない声を漏《も》らしながら枕《まくら》に顔を埋める。この件を知った人たちに拒絶されたことを改めて感じた。

私は教室で言われた言葉や視線を何度も思い出して、そのたびに泣いて、眠れない夜を過ごした。

翌朝、学校へ行くことが怖くてたまらなかった。

掛け布団《ぶとん》の中で蹲《うずくま》りながら、行きたくないと何度も心の中で唱える。

きっとまたみんなに睨まれて、誰かが私に聞こえるように悪口を言ってくる。

真衣や由絵も私の言葉を信じてはくれないし、教室のどこにも居場所がない。

誰かに嫌われて、特にそれが影響力のある人だったら、とたんに周りは敵になる。

あの瞬間から、私の言葉からは価値が奪われて、なにを言っても水中でもがいているのと同じように空気だけが漏れて、声は届かない。

なにか休める口実があったらいいのに。

けれど体調が悪い以外の案が思い浮かばず、スマホの画面を見ながら、時間が過ぎていくのを待つ。

部屋をノックする音がして、私はびくりと身体《からだ》を跳ねさせた。

「紗弥、まだ寝てるの？」

声がした後に少し間を置いて、お母さんが入ってくる。掛け布団に潜《もぐ》っている私に近づいてくると、心配した様子で「具合でも悪いの？」と聞いてきた。

自分から言うよりも先に聞かれて、私は緊張の糸が少しだけ緩む。

「……ちょっと頭痛くて」

掛け布団越しに軽くトントンと肩を叩かれる。

「どうする？ 休む？」

ぎこちなく「休みたい」と告げるとお母さんが了承してくれた。

「頭痛いなら、起き上がるのつらい？ 朝ごはん食べるのやめとく？」

「……うん」

胃がキリキリと痛むせいか、あまり食欲が湧《わ》かない。

お母さんはお昼になっても治らなかったら病院へ行こうと言って、部屋から出て行く。ひとりになった私は学校を休めることに胸を撫で下ろした。

追い詰められていた心にほんの僅かだけど余裕が生まれる。

今日一日は、学校の人に会わないで済む。

このままずっと休めたらいいのに。だけどきっと明日も休んだら、私は今よりも学校へ行くことが怖くなりそうだ。

近くにあるスマホが振動して、手に取る。画面に表示された名前は【山崎英里奈】。心臓が痛いくらいに大きく鼓動《こどう》を繰り返し、手が震えてスマホを握れなかった。私を嫌いだと言った英里奈がこの状況で一体なにを送ってきたのだろう。メッセージを開くことを躊躇いながらも、おそるおそる指先でタップする。

「え……？」

そこには想像とは違う言葉が書いてあった。

【大丈夫？　一度休んだら、紗弥がもう学校に来れなくなりそうで心配。学校行きたくないかもしれないけど待ってる】

私のことを気にかけてくれている英里奈に驚きながらも、目に涙が浮かんでいく。

【私のこと、信じてくれるの？】

返信をするとすぐに既読になった。

【こないだ、いろいろと酷《ひど》いこと言っちゃってごめん。だけど、紗弥がこういうことするとは思ってないよ】

英里奈からの文章を読んで、私はスマホを握り締めて額《ひたい》に押しつける。

そして改めて、【本当にあのアカウント作ってないし、投稿もしてない】と英里奈に事情を打ち明ける。

【紗弥の言葉、私は信じる。だから、つらいときはいつでも連絡して！】

〝ありがとう〟、そう打ちたいのにスマホの液晶《えきしょう》画面に涙が落ちて、うまく打てない。

たったひとりでも、味方がいてくれる。それだけで真っ暗闇の中に沈んでいた私の心に光が差す。

涙を服の袖《そで》で拭って、私は勢いよく部屋を出る。

「お母さん！　私やっぱり学校行く！」

リビングにいるお母さんに叫ぶように言うと、私は慌てて準備を始めた。

それから二日が経っても、全く事態は収まらなかった。

けれど、英里奈は目が合えば笑みを向けてくれて、励ましのメッセージを送ってくれる。

一緒にいると巻き込んでしまうため、行動は別にしているけれど、英里奈の存在は心強い。

時枝くんとは目が合うことが何度かあったものの、避けてしまっていた。

好きな人からどう思われているのか知るのが怖いという思いもあるけれど、彼のことを巻き込みたくない。

もしも私と話すところを見られたら、なりすましになにを書かれるかわからない。

人と接するのが怖い。私が誰かと話せば、その人が今度は書かれる可能性がある。だけど、こんな日々はいつまで続くの？　私はいつまでひとりぼっちで、誤解されたままでいたらいいの？

クラスの中でいない者のように扱われるのではなく、鋭い視線が教室中から向けられている。

私のことをコソコソと話している声も時折聞こえてきた。他のクラスの人たちが、わざわざ見にくることもあった。

「あの子？　裏垢作ってバレたって子」

「鍵《かぎ》かけないとか馬鹿すぎるでしょ」

身に覚えのないことを私だと決めつけて話される。そして私が立ち上がると、話しかけられないようにと、みんなそっぽを向いていた。

そして翌週の月曜日、バレンタインデー当日。

自分の部屋の机に並んでいる箱を眺めながら、私は深くため息を吐いた。

こんな状況で友達にチョコレートをあげることはできない。だけど、英里奈ならこっそりと渡せばもらってくれるかもしれない。

タイミングがあるかはわからないけれど、英里奈用にチョコレートの箱をカバンに入れておくことにした。

同じ色のラッピングがされた箱が並ぶ中で、ひとつだけ青いリボンが結ばれた箱が目に留《と》まる。時枝くんの顔が思い浮かび、手に取った。

バレンタインなんて時枝くんを困らせるだろうし、誰かに渡すところを見られたら悪い噂として流れるかもしれない。

それでも部屋に置いていったら後悔しそうな気がして、持っていくことにした。

昼休み、人のいない場所でご飯を食べようと考えていると、ブレザーに入れていたスマホが振動した。

SNSの通知が来ていて、疑問に思ってアプリを開くと、私のアカウントにコメントがきていた。

【人のこと裏で書いてたとか最低。消えろよ】

「え……」

灰色《はいいろ》の初期アイコンのままの無数のアカウントから攻撃的なコメントをされていて、その中で裏アカウント【S】の情報が貼り付けられていた。

【宮里紗弥の裏垢はこちらw】

【まだ学校来てんの？】

【てか、裏垢で開き直ってんのヤバw】

【S】のアカウントを覗くと、誰かと喧嘩しているようなやりとりがあった。

【嘘なんて書いてないのに、なんで責められなくちゃいけないわけ？　捨て垢でつっかかってくんなし】

【散々話聞いてあげてたのに、真衣って本当自己中。周りが合わせてあげてること気づけよ】

小声で「実名で書いちゃうのヤバくない？」と聞こえてくる。

——こんなこと、書いてない。

なのに、どんどん投稿が追加されていく。

【英里奈って部活で居場所なくなっていじめられてることとか、私のせいにしてるし。自分が悪いんでしょ】

【由絵は元彼引きずりすぎ。同じような愚痴聞かされるこっちの身になってよ】

——待って、私こんなこと思ってない！

【英里奈も真衣もさぁ、傷つけないように一条くんの好きな人が私だってこと黙っててあげたのに】

顔を上げると、クラスのほとんどの人たちが私を見ていた。

「ほら、やっぱ宮里さんじゃん」

私がスマホを持っていたため、まさに今投稿していると思われている。

違う、やめて。私じゃない。

慌ててスマホをポケットにしまい込む。

なりすましている犯人は、こうなることを望んでいて、わざと人目がある中で投稿したのだろうか。

「紗弥」

英里奈が私の席の前までくると、涙を溜めながら悲しげに見つめてくる。

「あのアカウント、偽物《にせもの》じゃなかったの……？」

私じゃない。そう口にする前に、英里奈が顔を歪めた。

「部活のこと話したの紗弥だけだよ」

「ち、違う、私……」

顔を手で覆って肩を震わせている英里奈を呆然と見つめていると、誰かが「可哀《かわい》想《そう》」と言ったのが聞こえてきた。

「英里奈、」

「……もう話しかけないで」

私を睨みつけると英里奈は、前髪あたりを手で押さえて泣き顔を隠すようにして席に戻っていく。

すぐに真衣と由絵が声をかけに行っているのが見えた。英里奈が泣きながらなにかを話すと、真衣と由絵が目を丸くした。そして三人の視線が一気に私へ集まる。

自分のことを話されているのだとわかり、恐怖で身体が震える。

英里奈は私のことを信じてくれていたのに、その信用すら失ってしまった。

誰が私のフリをしているの？　本当に嘘をついている人は誰？

席を外していた時枝くんが教室に戻ってくると、近くにいた男子に「なに、なんかあったの」と聞いている。

時枝くんには知られたくない。言わないで。そんなことを口に出せるはずもなく、一連の騒動を見ていた男子が時枝くんに耳打ちする。「宮里の裏垢」と「山崎が泣いてて」と途切れ途切れに聞こえてきて、全てを話されているのだとわかり、頭が真っ白になる。

「宮里」

時枝くんが私に話しかけようとすると、事情を説明していた男子が「やめとけって」と止めた。

教室に普段以上にピリついた空気が流れる中、廊下から「時枝くん」と女子の声がした。

「ちょっといいかな？」

頬を染めている様子から、周囲の男子たちが察したらしくニヤニヤとしながら、時枝くんを小突《こづ》いている。

先ほどまでの雰囲気が嘘のように、バレンタインの浮ついた空気が教室を包んだ。

時枝くんはちらりと私を見たあと、呼び出してきた女子の方へと向かって歩いていく。

……きっとあの子は、時枝くんにチョコレートをあげるんだ。

それができる彼女のことが羨ましくて、醜い感情が心を焦げつかせる。

少し前なら、私もあの子のように時枝くんにチョコレートを渡せたかもしれないのに。私もあの子みたいに渡したかった。

チョコレートなんて持ってくるんじゃなかった。こんな状況じゃ無理って、本当はわかっていたはずなのに。

数分後、スマホにメッセージが届いた。

最近は使わなくなっていた四人のトークルームの通知で真衣からだった。

【もう口もききたくないから、メッセージにする。今英里奈から一条くんのこと謝罪されて、最近のことも聞いた】

心臓の鼓動が迫りくるように大きくなり、手に汗を握る。

【紗弥があんなこと書くわけないって英里奈は信じてて、紗弥と連絡取ってたんで

しょ。なのに紗弥にしか話してない内容が投稿されてたって】

【だけど、本当に私じゃない】と打っている途中で、真衣から追加でメッセージがくる。

【裏垢の内容全部見たけど、紗弥は一条くんとこっそり連絡とってたんでしょ。自分のこと好きってわかってて、あんな風に裏で私のこと笑ってたんだね】

【一条くんとはほとんど話したこともないよ！　それに裏垢だって私じゃない！】

【嘘つき。言い訳は聞きたくない。本気で紗弥のこと信じられなくなった】

――小坂真衣が退出しました。

四人で作ったグループのトークルームから、真衣の退出を報《しら》せる通知が表示される。

続いて由絵と英里奈が退出していく。

灰色の【退出しました】という言葉を見つめながら、トークルームに取り残された私は「待って、違うよ。私じゃないよ」と震える指先で打つ。

けれど、当然既読にはならない。

トークルームには私ひとり。

同じ教室の中にいるのに、みんなが遠く感じる。

一度退出したら、今までの会話も、共有した画像や動画も見られなくなってしまう。

真衣たちは楽しかった思い出を全て切り捨てても構わないと思うほど、私との関係を終わらせたかったのだ。

だけど私は、ひとりになってもトークルームから退出することができない。

うつむきながら見ていたスマホの画面に、ぽたりと滴《しずく》が落ちる。

胃の辺りがじくじくと痛み、呼吸をすることが苦しい。教室にいたくない。逃げてしまいたい。

あんなに毎日ＳＮＳを見たり投稿をしたり、友達と連絡を取り合うために欠かせないものだったのに、今ではスマホに触れることすら怖い。

私はカバンを手に取って、中にスマホをねじ込もうとしたところで、ラッピングされたふたつの箱が目に入った。

顔を上げると、教卓の側で真衣たち三人が内緒話をするように集まっている。

――嘘つき。

真衣に言われた言葉が頭に過った。

きっと私のことを話している。これ以上傷つきたくない。なにも聞きたくない。

周囲の視線を感じながら、逃げるように教室を出る。カバンを胸に抱えて、行くあてもないまま私は歩く速度を上げていく。

その途中で未羽を見つけて、思わず足を止めた。

「……未羽」

廊下の隅の方で友達と談笑していた未羽は、目が合うと笑みを消して固まってしまう。そして気まずそうに目を逸らした。

——未羽も私のなりすましが本物だって思ってるんだ。

そう確信して、私は階段を駆け下りていく。

付き合いの長い未羽にすら信じてもらえない。

私はこんなにも脆《もろ》くて、薄い人間関係しか築いてこなかったのだ。

頬の内側を噛み締めて血が滲《にじ》んでいく。けれど痛みよりも、今は精神的な苦しさと悔しさの方が強かった。

私じゃないよ。あんなこと書いてない。別の誰かが私のフリをしてる。言いたい言葉はたくさんあるのに、どれも届かずに心の中で死んでいく。

死んだ言葉は足元で踏まれて泥のように底に溜まって、私をつま先からのみ込もうとする。

「待って、宮里！」

背後から右腕を掴まれて、振り返る。息を切らした時枝くんが、眉根を寄せて険しい表情をしていた。そしてもう片方の手には赤い包装紙でラッピングされた箱を持っている。

……さっきの子の受け取ったんだ。

『清春はいつでも本命チョコ受け取るよ～！』

一条くんの言ってたことを思い出して、胸が軋《きし》む。

時枝くんを呼び出した子は頬を赤らめていて、本命のようだった。もしもあの子と時枝くんがうまくいったのだとしたら……私は左腕でカバンを抱き締める力をぎゅっと強くする。

「話がしたい」

「……話？」

顔が強張っていて、私を見つめる眼差しが冷たく感じた。

時枝くんが話題にしようとしていることは、アカウントの件に違いない。けれどこの状況で、私は時枝くんになにを話せばいい？

私じゃないよって、口にしても真衣たちたちに信じてもらえなかった。

時枝くんにも信じてもらえなかったら、心が折れてしまいそうだ。

だけど無視をせず、こうして声をかけてくれた彼なら、私の話を真剣に聞いてくれるかもしれない。

一縷《いちる》の望みをかけて、私は時枝くんを見つめる。

「あのアカウントのことだけど、宮里なの？」

改めて確認をとってくるような発言に、落胆《らくたん》してしまう。

なにを期待していたのだろう。

きっと私は最初から信じてくれている言葉が欲しかったのだ。

涙で視界が滲《にじ》んで、今時枝くんがどんな表情をしているのかわからない。

「〝違う〟って言ったら、信じてくれるの？」

きっと私は酷い顔をしていると思う。私の腕を掴んでいた時枝くんの手を勢いよく振り払った。

「っ、宮里」

どうせ時枝くんだって私の言葉よりも、周りの言葉を信じているくせに。

こぼれた涙を手の甲《こう》で拭い、その場から走って去っていく。

仲が良かったクラスの友達も、付き合いの長い友達も信じてくれないのだから、時枝くんだって信じてくれるはずがない。

もう嫌だ。なにもかもなかったことにしたい。消えてしまいたい。

お願いだから、私のことを見ないで。

とにかくこの場所から離れたくて、顔を隠すようにうつむきながら学校を出た。

授業をサボるのも、無断で早退をするのも初めてだった。あとで家に連絡が行くかもしれない。そしたら親にも知られてしまう。だけどあのまま教室にいたら、心に限界がきていた気がする。

早歩きでいつもの道を進み、まだ空《す》いている電車に乗り込む。

気を抜いたら、涙がこぼれ落ちてしまいそうで、私は座席に座りながら耐えるように膝の上で拳を握っていた。

今まで楽しかった空間が、こんなにも変わってしまうなんて。

なりすましの人の悪意が膨張《ぼうちょう》して、周りに浸透《しんとう》していっている。

【S】というアカウントに貶《けな》された人たちの怒りと、便乗して聞こえるように陰口を言ってくる人、傍観者《ぼうかんしゃ》たちの軽蔑《けいべつ》の眼差し。アカウントにくる匿名《とくめい》の攻撃的なメッセージ。

学校に私の味方なんてひとりもいない。


十分ほど電車に揺られて、自分の家の最寄り駅までたどり着いた。

改札を出ると、行き先に困って立ち止まる。

……どうしよう。勢いでここまできてしまった。

まだ十二時過ぎのため、このままだと普段よりもかなり帰りが早くなってしまう。

お母さんに心配をかけてしまうので、家に帰るのは憚《はばか》られた。

改札近くに立っているわけにも行かず、持て余した時間を潰《つぶ》すために、あまり行かない道を通ってみる。見えてきたのは木々が生茂《おいしげ》る参道《さんどう》だった。

おばあちゃんが生きていた小学生の頃は、時々神社にお参《まい》りにきていた。

『紗弥ちゃん。ここにはね、水の神様が祀《まつ》られていて、桜が咲く時期に神様が雨を降らすのよ』

おばあちゃんがよく話してくれたことを思い出す。

ある女性のことを想って、水の神様が雨を降らせるという恋物語だった。

その話を目を輝かせながら何度も聞いて、ここへくるたびに水の神様は今日はいるのかなと、おばあちゃんに尋ねていた。

実際近所で桜祭りがある日は、朝や昼間に雨が降ることが多かった。

高校生となった今では、よくある春雨《はるさめ》だと思うけれど、あの頃は本当に神様がいるのだと疑わなかった。

幼いときはいろんなことを信じていた。けれど成長して、次第に疑うことが増えていったように感じる。

もしもなりすましされたのが私じゃなくて、英里奈や真衣、由絵がこの状況になっていたら、やっぱり自分も疑っていたと思う。相手が否定すればするほど、怪しいと警戒していたはずだ。

誰かを信じることも、信じてもらうことも、簡単ではないのかもしれない。

参道を進みながら辺りを見回す。久しぶりにきたけれど、ここは変わっていない。静かで、まるで世界から切り離された特別な場所のように感じる。

高い木々が地面に葉の影を落とし、風が吹くたびに揺らめく。

ここでなら、ほんのひとときだけでも学校での息のしづらさを忘れて、自由に呼吸することができる。

ふと授与所《じゅよじょ》が目に留まり、近づいていく。

おばあちゃんがここの御守《おまも》りをいつも大事に持っていたっけ。

そんなことを考えていると、ガラス越しに中にいる巫女《みこ》さんと目が合った。そしてガラス戸が開いて、微笑まれる。

「こんにちは」

優しい声色《こわいろ》で挨拶をされて、私は「こんにちは」と返して頭を下げた。

「なにかお探しですか」

歳《とし》は二十代前半くらいに見えるけれど、話し方がゆったりとしていて落ち着いている。

「えっと……」

「先ほど、探しているように見えたので」

長い黒髪を一つに括《くく》っている巫女さんは、大きな瞳で私を見つめてくる。

懐かしさに浸って周囲を見渡していたので、探し物をしていると思われたのかもしれない。

「いえ、ここにくるの久しぶりで」

巫女さんの前に並んでいる数種類の御守りと、キーホルダー。その中に、小さな鈴がついている桜のキーホルダーを見つけた。小学生のときに、お正月にここへきたときお年玉で購入したことがある。

そして桜のキーホルダー以外にも、同じモチーフの髪留《かみど》めがあった。

おばあちゃんが昔使っていたものと同じで、懐かしさとともにもう会うことができない寂しさを久しぶりに感じた。それ以外にも、お札や矢のようなものが並ぶ中、ひとつだけ異彩を放っているものを見つけて、指を差す。

「これって、なんですか？」

透明な球形の容器の中に、桜の木の小さな模型《もけい》が入っている。手のひらにのるほどの大きさで、まるでスノードームのようだけど、雪ではなく雨が降っている。

「ああ……それは、レインドームですよ」

巫女さんはレインドームを持ち上げて、目の前で見せてくれた。

「一点もので、水の神様の想いが込められています」

雨が降る置き物は初めて見るので、まじまじと観察する。水が溜まる様子はなく、不思議な仕組みになっているようだった。

「水の神様が愛した、桜の木の物語はご存じですか」

「それって恋物語のやつですか？」

巫女さんが微笑みを浮かべて頷いた。

私はおばあちゃんから聞いた物語を思い出しながら、覚えている内容を口にする。

「昔に聞いたので曖昧《あいまい》ですけど、参拝にくる人たちはみんな願い事をするのに、ひとりの少女だけは願うことなく帰るから、神様が気になり声をかける、って話ですよね？」

「ええ。ある日、神様は姿を現して〝願いがないのに何故《なぜ》ここへくるのか〟と問いかけ、少女は突然のことに驚きながらも、こう答えます」

――この土地を守ってくださる神様に感謝を伝えたいのです。

「神様は少女に興味を惹《ひ》かれ、彼女が訪れるたびに姿を見せました。それからふたりは長い年月を共に過ごし、たくさんの言葉を交わしたそうです」

ですが……と巫女さんが目を伏せる。

「神様と異なり人には寿命《じゅみょう》があります。そのことに嘆き悲しんだ神様を見た彼女は、自分の名前が入った木を神社に植えてほしいと言いました」

――春がきたら花を咲かせに会いにくる。だから私を桜の精にしてほしい。

「彼女が初めて神様に願ったことでした」

参道を囲むように桜の木があり、春になると薄紅《うすべに》色の花が咲き散って絨毯《じゅうたん》のようになる。それは彼女の願いから生まれた風景なのだと知り、感慨《かんがい》深くなる。

「神様は春が来ると彼女を想い、涙の雨をこの地に降らせました。その涙によって桜の花は咲き誇《ほこ》り、彼女は桜の精霊《せいれい》として神様の元を訪れるようになりました――というのが、この神社に伝わる水の神様が愛した桜の木の物語です」

「なんだか、ロマンチックですね」

水の神様と、愛した桜の木。そこから連想して作られたのが、このレインドームのようだ。

「水の神様の涙には、彼女の願いを叶えたいという想いが込められているので、このレインドームにも願いを叶える力があると言われているんですよ」

願いが簡単に叶うことはないだろうけれど、おばあちゃんがいた頃にこれが売っていたら喜んで購入していそうだ。

「すみません、長々と話しすぎましたね」

申し訳なさそうにしている巫女さんに、私は首を横に振る。

「そんなことないです！　楽しい話をありがとうございました」

久しぶりに聞いた水の神様の恋物語は、所々忘れていた箇所もあって新鮮な気持ちで聞けた。沈んでいた気分が少しだけ落ち着く。

「あの、そのレインドームと桜の髪留めをひとつください」

一点ものというレインドームを今買わなかったら、もう二度とめぐり合えない気がした。それとおばあちゃんが身につけていたものと同じ髪留めも一緒に購入する。

巫女さんは商品を丁寧《ていねい》に梱包《こんぽう》して、手提げ袋に入れてくれた。

「願いにきっとこたえてくれますよ」

袋を受け取り、私は苦笑する。こういったご利益《りやく》をあまり信じない方だ。けれど今の状況だと、神様にすがりたい気持ちになる。

巫女さんは丁寧にお辞儀をして、ガラス戸を閉めた。

家に帰ると、お母さんは夕飯の買い物に出ているようだった。

誰もいないリビングに電話の音が鳴り響いていて、私は慌てて受話器を取った。

「……はい」

『宮里さんのお宅でしょうか』

聞き覚えのある男の人の声に、びくりと肩が跳ねた。

「せ、んせい」

一呼吸置いてから、『宮里か?』と問われる。どうやら今日早退したことに関して、担任が電話をしてきたようだった。

「あの、すみません。……具合が悪くて」

私が言い訳のような言葉を並べながら話していると、先生は怒る様子もなく、ただ優しく相槌《あいづち》を打ってくれる。

『宮里、明日少し話せるか？』

「え……」

『クラスでのことを少し聞いた。一度宮里の話を聞かせてほしい』

受話器を持っていた手に汗が滲み、落としそうになってしまう。先生にまでなりすましの件が伝わってしまっているなんて……。

けれど、電話越しに聞こえてくる先生の声は私を心配してくれているようだった。ただ先生が間に入ってくれたとしても、事態が収まるようにも思えない。むしろ火に油を注ぐことになりそうで怖い。

迷ったものの、先生からの呼び出しを断るわけにもいかなかった。

「……わかりました」

昼休みに先生と話をする約束をして、電話を切った。

自分の部屋のベッドに寝転びながらレインドームを開けてみる。桜の木に静かに雨が降っていて、眺めていると心が穏やかになっていく。

けれど目を瞑《つむ》ると、学校の光景が鮮明に思い出された。

『私に絶対嘘つかないでね』

『裏ではずっとこんなこと思ってたんでしょ』

――違う。でも……真衣たちにとっては私が嘘つきだ。

真衣と交わした約束を私は破っていない。だけどもう信用を失ってしまった。

こそこそと陰口を言って鋭い視線を向けてくるクラスメイトたちや、真衣たちが退出したトークルームの通知。

そして目を逸らす未羽に、険しい表情をしていた時枝くん。

カバンの中のチョコレートが入った箱は、少し潰れていた。

青いリボンを解《ほど》いて、包装紙を外すと一口サイズのチョコレートが六つ並んでいる。ナッツやドライフルーツなどが飾りつけられており、私は端からひとつずつ食べていく。

ドライパインとチョコレートの甘みが広がって、後味はほんのりと苦い。

ひとつ、またひとつと口に入れながら、空《あ》いている方の手でリボンを握り締める。

「……っ」

時枝くんに渡したかった。どうしてこんなことになってしまったのだろう。

好き勝手に横行《おうこう》していく嘘の話を止める手段がない。

真実を知っているのはきっと、私となりすましの犯人だけだ。

全部、嘘なのに。どうしたら信じてくれるの。

学校にいる全ての人が敵になったように思えてしまう。

行きたくない。あんな冷たい目で私を見ないで。

教室で、これから私はどうやって息をすればいい？

こんな日々が卒業するまで続くのだろうか。そう考えると恐怖に押しつぶされそうになる。

巫女さんが、願いにきっとこたえてくれると言っていたのを思い出し、投げやりな思いで望みを口にする。

「学校の人たちが……私のことなんて忘れちゃえばいいのに」

堪えていた涙が目頭から零《こぼ》れ落ちた。

全てがなかったことになったら、どれだけいいだろう。

真衣たちやクラスメイト、裏アカウントに関することを知っている人の記憶から私の存在を消してしまいたい。

楽しかった日々を思い出すと、恋しくて涙が止まらなくなる。あの頃に戻れたらいいのに。

その夜、すがりつくようにレインドームを抱き締めながら、私は眠りについた。

二章　透明な雨音

翌朝、ベッドの上で私は蹲って枕を抱えながら、しばらくぼんやりとしていた。起きるのが嫌だ。制服に着替えて、学校に行かなければいけないと思うと、気が滅《め》入《い》ってしまう。

今までは英里奈がメッセージをくれていたから頑張れた。けれどその関係ももう失った。またあの場所へ行くのが怖くて、でも行かないことも怖い。

今日休んでしまえば、私はもう二度と学校へ行けなくなってしまうかもしれない。

すぐそばに置いていたレインドームを手に取って、ガラスを指先でなぞる。

なんだかガラスの中の雨が強く降っていて、桜の木を揺らしているように見えた。

「紗弥～！」

ドアの向こう側からお母さんの声が聞こえてくる。

もう起きなくてはいけない時間だ。

私は横になったまま重たい身体を引きずるように、ベッドから床へとゆっくり足を落とす。冷たい床につま先が触れて、少しだけ頭が冴《さ》えてきた。

――行かなくちゃ。

今日は担任の先生に事情を話す約束をしているため、休むわけにもいかない。きっと休んでしまえば、また電話が来てしまう。そしたら今度はお母さんにも知られてしまうかもしれない。それにまた具合が悪いなんて言い出したら、不審がられる。

私の状況をお母さんが知ったら、きっと悲しませて、気に病んでしまう気がする。

あと少し……もう少しだけ頑張ろう。

物を隠されたり暴力を振るわれているわけでもない。悪口や嫌な視線を向けられることに耐えればいい。

本当に限界がきたら親に話そう。今はまだ、自分の足で学校に行ける。……大丈夫。

心の中で自分を励まして、私はクローゼットから制服を取り出す。シャツに腕を通すと、ひんやりとした感覚が肌に伝わる。普段はなんとも思わなかったそれが、今は不快に感じた。

早く今日が終ってほしい。

朝から一日の終わりを考えて、ため息を漏らす。

リビングへ行ったら、ひび割れた心を小さく折り畳んで、本当の感情をから目を逸らす。そしてお母さんの前では極力笑顔を心がける。

「いただきます」

私は白米をお味噌汁《みそしる》で無理やり流し込んだ。あまり食欲は湧かないけれど、残したら具合が悪いのかと心配される。

卵焼きの味もお浸《ひた》しの味もよくわからないまま頑張って飲み込む。味噌汁の塩味だけが舌をピリピリとさせて、お茶を飲んでも消えてくれない。

神経質になっているのかもしれない。

気を紛《まぎ》らわせるために、私は部屋に戻ってから机に置いてあった飴《あめ》を舐めた。オレンジの爽やかな味が口内に広がり、私は少し前に真衣からもらったチョコレートを思い出してしまう。

記憶と決別するように、ガリッと音を立てて噛み砕《くだ》き、溶かしていく。

机の上に置いていた昨日購入した桜の髪留めを手に取り、お守り代わりにブレザーのポケットに挟んだ。

そしてブレザーごと抱き締めて、私は心の中でもう一度〝大丈夫〟と唱えた。


普段より遅く家を出たので、今日は予鈴五分前に昇降口に着いた。

クラスメイトがほとんど揃っている中で教室に入るのは、注目を浴びそうだと今さら後悔する。

鉛《なまり》のように重たい足で階段を上《のぼ》っていき、一年生のクラスがある階まで上がると違和感を覚えた。

昨日はあんなにも視線を浴びていたのに、今日は誰も私のことを見ていない。

他のクラスの人たちは、もうみんな飽きて、どうだってよくなったのかもしれない。

そんな淡い期待を抱きながらクラスに入ると、ちょうど廊下に出ようとした生徒とぶつかりそうになった。

「わっ！　ごめん、大丈夫？」

「……あ、うん」

目の前に立っている真衣を見て、私はその場から動けなくなってしまう。

まさか普通に話しかけられるとは思わなかった。

「そこ通ってもいい？」

「え、あの」

出入り口を塞ぐように立っている私に真衣が困ったように眉根を寄せる。真衣の隣にいる由絵からも昨日のような敵意は感じられず、ただじっと私を見ているだけだった。

「ま、真衣！　私ちゃんとあのことの話がしたくて！」

「あのこと？」

怪訝《けげん》そうな顔をした真衣は、まるでなんの話かわかっていないような反応だ。

もっとはっきりと内容を口にした方がいいのだろうか。

周囲の目を気にしながら、「アカウントの話なんだけど」と言うと、真衣も由絵も顔を見合わせて首を傾げる。

「ごめん、またあとででもいい？」

慌てて横にずれると、真衣と由絵が通り過ぎていく。

そして、真衣が小さな声で放った言葉が私の耳に届いた。

「ねぇ、今の誰だっけ？」

——え？

今、私のこと、誰って言っていた？

裏アカウントのことがあるので、わざと突き放すように忘れたフリをしたの？

けれど、それにしては少しおかしい。

真衣たちの考えが読めず、得体の知れない不気味《ぶきみ》さに冷や汗が皮膚を伝う。

「ん〜、同じクラスっぽいけど、名前はわかんない」

由絵の言い方に悪意があるようには感じられなかった。もしもわざとやっているのなら、私の目の前で忘れたフリをすればいいはずだ。

おそるおそる振り返ってふたりの姿を探すと、真衣と由絵が女子トイレの中へと消えていった。

胸騒《むなさわ》ぎがして、不安を覚えながらも私は教室に足を踏み入れる。

「昨日瀬戸《せと》先輩にチョコあげるとき、理亜《りあ》ちゃん告白したらしいよ」

「えー！　瀬戸先輩って彼女いるんじゃなかった？」

「それが、先週別れたらしくてさぁ」

誰も私を見なかった。

それは久しぶりのように感じる平穏で、私が望んでいたもの。

けれど、夢でも見ているのではないかと焦燥感《しょうそうかん》に駆られる。こんなことがたった一日で起こるはずがない。

すでに目の前の席は埋まっていて、友達と談笑している時枝くんの姿が目に留まる。いつもなら私の方をチラリと見て、気まずそうにしているのに今日は見向きもしない。

「清春〜！　英語の教科書かーして」

一条くんが大きな声で時枝くんに話しかける。ある意味、彼も今は注目されている人だ。けれど一部の女子たちが目で追っているものの、ほとんどの人たちは自分たちの話に夢中で彼を見ていない。

「またかよ。てか、教科書ちゃんと持ってこいって」

「俺真面目だから、家に持って帰って勉強してるんだって〜」

「真面目ならちゃんと毎回持ってこい」

時枝くんが呆れたように言うと、一条くんがなぜかこちらを向いて笑いかけてくる。

「てか、清春が前の席だと女の子は黒板見えづらいんじゃね？」

「えっ」

突然話を振られて、とっさに周囲の目を気にしてしまう。

一条くんは裏垢のことを知らないのだろうか。いやでも、自分の名前を書かれていた彼に、伝わっていないはずがない。

それ以上に驚いたのは、一条くんが私に話しかけても、クラスの人たちが無関心だったこと。

妙な違和感を覚えていると、時枝くんが振り返る。

「俺が前だと見えづらい？」

今までの気まずさが嘘のように、普通に話しかけられたことに目を丸くした。

私が勝手に避けていただけで、時枝くんにとっては周りの目を気にするようなことではなかったのだろうか。

「そんなこと、ないよ」

ぎこちなく返すと、時枝くんが「そっか」と言ってすぐに前を向いてしまう。今度は以前よりも素っ気ない気もして、時枝くんの反応に戸惑う。

話してくれるけれど、あまり関わりたくないのかもしれない。

「てか、初めて話すよね。名前聞いていい？」

「え？」

一条くんとそこまで話したことはないけれど、初めてではない。私の名前も知っていたはずだ。

「そういうことするから軽いって言われるんだろ」

「軽くないです〜。名前覚えるくらい普通じゃん」

ひょっとしてからかわれているのだろうか。私がどんな反応をするのかおもしろがっている？　だけど一条くんや時枝くんがそんな人だとは思えない。

無視をするわけにもいかず、周囲の目を警戒しながらも名前を口にする。

「……宮里、です」

「よろしくー」

一条くんの反応は至って普通だった。私の様子をクラスの人たちが観察しているかもしれないと思ったけれど、誰もこちらを見ていない。

振り返った時枝くんと視線が交《まじ》わる。これまでの親しみやすさが消え、壁を感じた。けれど私を軽蔑しているようにも見えない。

そしてすぐに目を逸らすと、時枝くんは廊下を指さした。

「拓馬、呼んでるっぽいけど」

「あ、本当だ。じゃーね。清春、宮里さん」

一条くんが去っていった直後、念のためもう一度教室を見渡してみる。けれど、私の方を見てこそこそと話している人は誰もいない。

まるで学校の人たちから、私の存在が忘れられたみたいだ。

……忘れられた?

あることが頭に過り、口元を手で覆う。

『願いにきっとこたえてくれますよ』

巫女さんが話していた、願いを叶えてくれるというレインドーム。そんなはずないと思いつつも、私は昨夜レインドームに願ってしまった。

『学校の人たちが……私のことなんて忘れちゃえばいいのに』

まさか、それが本当に叶ったのだろうか。

実際にクラスメイトたちからの刺すような視線は一切なくなっている。

真衣と由絵も私のことを覚えていないのが、本当だとしたら? でもそんな魔法《まほう》みたいなことが起こるはずがない。

信じがたい出来事を、私は完全には受け入れることができなかった。

残された可能性は、クラスメイトたちがわざと私のことを知らないフリをしている、ということだ。だとしても、それはあまりにも悪質なようにも思える。

あのアカウントの存在が急に思い浮かんで、開くことを躊躇っていたアプリを人差し指でタップした。

「え……」

【アカウント作成】と出てくる。これはアカウントを作っていない人に出てくるページのはずだ。ＩＤとパスワードをいくらいれても、弾かれてしまう。

検索画面から自分のＩＤを入力して探してみるものの、存在していないアカウントだと書かれていた。

アカウントを消した覚えはない。間違えて削除ボタンを押してしまうなんてことがありえるのだろうか。それともアプリのバグ？

【Ｓ】というなりすましアカウントも調べてみる。

いくら探してもそれらしきアカウントが出てこない。なりすましていた本人が消したのだろうか。

とりあえずなりすましアカウントが消えたことに胸を撫で下ろす。これ以上ありもしないことを書かれる心配がなくなった。

けれど、急に何事もなかったように収まるのは不可解だ。

もしかしたら別のなにかが裏で起こっているのかもしれない。

クラスメイトたちの一挙一動《いっきょいちどう》に怯《おび》えて、考え込んでいる間に朝のホームルームが終わった。ひとつも内容が頭に入ってこなかった。

「先生、また変なジャージ着てるし〜」

真衣が先生のジャージを指摘すると、教室が笑いに包まれた。

頬が丸く、目尻が下がっていて、フレームの細い眼鏡をかけている優しげな顔立ちの先生は、生徒たちから好かれている。それは接しやすいという理由以外に、着ているジャージにいつも癖があるため、よくいじられているからだ。

「このジャージかっこいいだろ」

筋肉の絵が描かれたジャージを見せつけるようにして仁王立《におうだ》ちした先生を女子たちがスマホで写真を撮って笑っている。和やかな雰囲気の中、私は笑みを作ることもできず、存在を消すようにしてうつむいていた。

先生が教室を出る直前に、「今日の日直は、この間集めた英語のノートを取りにきてくれ」と言った。

そして誰だったかと、先生が黒板に書いてある日直の名前を確認する。

「えーっと……みや、ざと？」

先生は初めて口にする名前かのように読み方を間違えたまま私を呼び、教室をぐるりと見渡した。

「……〝みやざと〟は、いるか？」

先生の顔には困惑の色が浮かんでいる。

「はい」

躊躇いつつも手を上げると、周囲の視線が一気に私へと集まる。けれどそれは昨日まで感じていた敵意を含んでいる不快感のあるものではない。

だけどそれすらも、みんなの演技なのかもしれない。

それに先生でさえ、私を知らないフリをしているように感じる。昨日電話で昼休みに話がしたいと言っていたはずなのに、そのときとは態度がまるで違った。

「あんな子いたっけ？」

誰かの声が聞こえてきた。

そんなこと普通なら思うはずがない。約一年間、一緒の教室にいたのに。

単に私の影が薄くて知らないという理由ではない。昨日まで私はクラスで悪目立ちしていた存在なのだから、知らないなんてありえない。

「話したことないや」

「私も。……不登校だったとか？」

そんな会話をしているのは二学期に席が近かった子と英里奈だった。

背後から突き落とされたような衝撃を受けて、目眩がする。英里奈が私のことを知らないはずがない。

きっと私が登校する前に、みんなで打ち合わせでもしていたのかもしれない。覚えていないかのように振る舞って、私の反応を見て内心楽しんでいるんだ。もうやめて。放っておいて。声を上げたいのに勇気が出ない。

先生は目を瞬《まばた》かせて私を見ると、すぐに作り笑顔になり「職員室まで頼むよ」と言って教室から出て行った。

職員室まで行き、先生の机に積み上げられている英語のノートを受け取る。

先生はあの教室の雰囲気をどう思ったのだろう。違和感について、先に話しておいた方がいいだろうか。

「先生」

先生はキャスター付きの椅子に座ったまま、私のことを見上げた。

「昼休みに話をする件なんですけど……今日少しみんなの様子が違っていて」

「話？」

きょとんとした顔で首をかしげている先生は、初めて聞いたことのように振る舞っている。

「約束、しましたよね？」

「……ごめん、なんの話をする約束だったかな」

先生はふっくらとした頬にしわを刻んで、笑みを浮かべた。

突き放されたような気がして、ショックを受ける。

「え、大丈夫か？」

私は視線を落として「なんでもないです」と言って、英語のノートを抱えながら慌てて職員室を出る。

今朝の教室の空気を読んで、先生は私の件に触れるのをやめたのだろうか。だけど、約束のことを知らないフリまでするなんて思わなかった。


教室に戻り、おそるおそる英語のノートをみんなに配っていく。どんな反応をされるかと怖かったけれど、誰も嫌な態度をとってこなかった。

私には関心がないかのようにお礼だけ言って受け取る人がほとんどで、不思議そうに見てくる人が数人いたくらいだ。

あんなに私のことを嫌がっていた真衣や由絵、英里奈も普通に受け取ってくれた。

本当にみんな私のことを忘れてしまっているみたいだ。

そんなはずないのに、今までの記憶が消えてしまっているかのように錯覚してしまいそうになる。だけど、あんなことがあったのだから、このまま終わるような気もしない。これから一体、私の身になにが起こるのだろう。

不安とは裏腹に、この日は驚くくらい何事もなく過ごしていた。

誰も話しかけてこないし、噂話も一切聞こえてこない。知らない人として扱われていることに胸が痛んだけれど、誰からも敵意を向けられないというのは、こんなにも心穏やかなのかと感じた。

帰りのホームルームが始まるのを待つ間、私のスマホにメッセージが届いた。好きなお店からの最新情報の通知だった。タップしていくと、トークルーム一覧に違和感を覚える。

私だけが退出していなかった真衣たちとのトークルームが消えている。それに個別のトークルームも見当たらない。自分で消さないとなくなるはずがない。

——あれ？

アプリに登録されている連絡先を見てみると、両親以外の学校の友達の名前が全てなくなっていた。

スマホがおかしくなったのだろうか。不安になりながら、念のためカメラロールも開いてみる。

真衣たちと撮った画像だけが消えていて、学校以外で撮った画像は残っていた。

スマホの故障にしてはおかしい。真衣たちに関することだけが消えている。

けれどずっとスマホはブレザーのポケットに入れていたはずなので、誰かにいじられたという可能性もない。

困惑で手が震え、スマホが滑り落ちてしまった。慌ててしゃがみこんでスマホを拾って、私はそのまま蹲った。

今日のみんなの反応といい、私の知らないところでなにかが起こっているような得体の知れない心地悪さを感じる。

「大丈夫？」

声をかけられて顔を上げると、目の前の席に座っている時枝くんが心配そうに私を見ている。そして黒板に書かれた日直の名前をチラリと確認してから、再び私に視線を戻す。

「宮里さん」

心臓が激しく波打ち、空気が漏れた唇がかすかに震えた。

帰りのホームルームが終わって、私は逃げるように学校から出た。

私のスマホの中からは友達の連絡先も、思い出の写真も全て消えてしまっている。

それに時枝くんのあの呼び方。

私のことをさん付けで呼んだのは、四月頃だけだった。

それに名前を呼ぶときだって、日直の名前をちらりと見てから呼んでいて、本当にわからないかのようだった。

最初はクラスのみんなでわざと私を知らないフリをしているんだと思っていた。だけど、時枝くんがそんなことをする人には思えない。

クラスで揉め事があるときも、加担するような人じゃなかった。

……なりすましの件は、私が無実だって信じてくれてはいなかったのかもしれないけれど。それでも何度も声をかけてくれようとした。だから、この状況はなにかがおかしい。

家の最寄り駅に着くと、走って向かったのはあの神社だった。息を切らしながら境内を進み、突進するような勢いで授与所へとたどり着く。

「っ、すみません！　聞きたいことが……」

喉に痛みと唾液《だえき》が詰まり、咳《せ》き込んでしまう。

「あら、大丈夫ですか？」

昨日と同じ巫女さんが驚いたようにガラス戸を開けてくれた。

「なにか急ぎの御用ですか？」

そう言われて、慌てて身なりを整える。わき目もふらずに走ってきたのでコートも髪も乱れていて、マフラーも首に引っかけている状態だ。汗が滲んだ額には前髪がべったりとくっついていた。

冬なのに頬が上気《じょうき》して暑い。巫女さんは風邪《かぜ》ひかないように汗を拭いてと、ハンカチを手渡してくれた。

「……ありがとうございます。すみません、いきなり押しかけて」

「いえ、お気になさらないでください」

ハンカチで軽く汗を拭ったあと、私は少し気持ちを落ち着かせて気になっていたことを聞いてみる。

「私のこと、覚えていますか？」

きょとんとした表情で目を瞬かせながら、巫女さんが首を傾げる。

「ええ。昨日、レインドームをご購入されましたよね」

私を覚えていてくれる人がいて安堵した。やっぱりあのレインドームの力ではなかったのかもしれない。

いやでも、私が願ったのは……〝学校の人たちが私のことなんて忘れちゃえばいいのに〟だ。

「そのレインドームのことなんですが、本当に願いを叶える力ってあるんですか」

半信半疑で聞いてみると、巫女さんは目を細めてからにんまりと口角を上げる。

「それは持ち主次第ですね」

子どもの戯言《ざれごと》だと笑われるか、困らせるだけかと思っていた。けれど、予想とは違う、含んだような笑みに肌が粟立《あわだ》つ。

「必ずしも願いが良い方向へと作用するわけではありません」

「……それって、どういうことですか」

「人と神様との常識は異なりますので」

本当にレインドームの力なら、願ったことによって、私が恐れていた周囲の視線や嘘からは逃れられた。けれど、仲違《なかたが》いする前の真衣たちとの思い出や、時枝くんと話した日々が一緒に消えてしまった。

私はこれまでみたいに戻りたかったけれど、都合良く成就《じょうじゅ》するわけではないということだ。

「そろそろ雨が降りますよ」

巫女さんの言葉に私は空を見上げる。先ほどまで晴れていたはずの淡い水色の空を灰色がかった雲が覆っていた。

冷え切った真冬の風が頬を掠《かす》めて、身震いをする。汗をかいたので早く着替えないと風邪をひきそうだ。

「そのハンカチは差し上げます」

「え、でも」

巫女さんが軽く頭を下げると、ゆったりとした口調で言った。

「ご加護《かご》がありますように」


翌日、学校へ行くと昨日と同じように、居心地の悪い視線を一切感じない。

けれど私に声をかけてくる人も誰もいなかった。

賑やかな教室の中で、まるで私だけが別世界にいるような妙な感覚に陥る。

本当に私のことをみんな忘れているのかな。

「黒板、日付変わってなくない？」

クラスメイトの言葉に、私は慌てて立ち上がる。

昨日はすぐに帰ってしまったため、日直の仕事を忘れてしまっていた。

教卓の方まで行って黒板消しを手に取る。白いチョークで書かれた日付を消して書き直していると、誰かの声が聞こえてきた。

「あんな子いたっけ？」

私はチョークを持つ手を止めて、息をのむ。

「誰？　後ろ姿しか見えない」

「ほら、日直のところに名前書いてあるじゃん」

「えー……みや、ざと？」

まさか、また忘れられてる？

昨日の再現のように、クラスメイトたちは、私のことを覚えていないような口ぶりだ。

次の日直の人の名前を書き終わり、かすかに震える手でチョークを置く。

激しく心臓が鼓動して、振り返ることが怖く感じる。

きっと私のことを見ているはずだ。

それは悪意がこもっているわけではなく、好奇の目。その目には、私が知らない人のように映っているのだ。

振り返るのは勇気がいるけれど、いつまでもここで立っている方が注目を浴びるはず。

……早く視線から逃げ出そう。

私はなるべく目を合わせないようにしながら、振り返った。そして、すぐに自分の席へ向かって歩き出す。

予想通り、私の顔が見えたことによって一部の人たちが反応を示している。

「不登校とかだったんじゃない？」

「顔見てもわかんないや」

そう話しているのは、英里奈と近くの席に座っている女子だ。昨日も同じ話をしていた。私に対してそこまで関心を持ってはいない様子で、すぐに別の話題に切り替わる。

クラスメイトたちは、本当に以前の私のことを忘れているようだった。おそらくは、同じ学校の人たち全員に、私の存在が忘れられているのだと思う。

裏垢の噂は、他のクラスにも少し広まっていたようで、教室まで私の姿を見にきていた人もいたけれど、昨日からその姿もない。

それと今日もうひとつわかったのは、昨日私の名前を覚えた人たちも記憶がリセットされたように、また忘れている様子だということ。

「これ」

振り返った時枝くんに見つめられて、思考が遮断《しゃだん》される。

「え……」

「プリント」

一枚の用紙を慌てて受け取る。そしてすぐに時枝くんは前を向いてしまった。

時枝くんと他愛《たあい》ないことをたくさん話していた記憶がよみがえり、鼻の奥がツンと痛くなる。

『ふたりで観に行かない?』

『公開日近づいたら、連絡する』

夏にふたりで映画を観に行こうと約束をしたことも、彼の中では消えてしまった。

あのレインドームの力は本物だったんだ。

願いが叶ったはずなのに、心の底から嬉しいとは言い難い。

好きな人にも、友達にも忘れられて、大事だった思い出も一緒に消えてしまった。

だけど、ほっとした気持ちも大きい。

嫌な記憶も、なりすましという悪意も、全部溶かすように消えたのだから。

それは不安定になっていた私の心を歪《いびつ》な形で守ってくれた。


放課後。帰宅しようと廊下を歩いていると、私の後ろから聞き慣れた声がする。

「バイト変えよっかなぁ」

「え、真衣のバイト先ってカフェでしょ？　めっちゃいいって言ってなかった？」

「それがさー、バイト先でしつこい人がいて～」

真衣と由絵の声に自然と足が止まった。

もう彼女たちと親しくできない寂しさとか懐《なつ》かしさよりも、拒絶された恐怖が心を覆うように蝕《むしば》む。

……大丈夫。ふたりは私のことを覚えていない。あのときみたいに冷たい視線を向けられることもないし、忘れられているからもう話し合う必要もない。そう思うと気が楽になっていく。

私の言葉を信じてくれない真衣と由絵と話すのは怖かった。

いくら嘘だと主張しても、信じてもらえる証拠がない。私のスマホにあのなりすましアカウントが入っていないと主張しても、ログアウトしていると言われたらおしまいだ。

「おーい！　こっちこっち！」

思考を遮るように、聞き慣れた声が廊下に響き渡った。

声のする先を見ると、隣の教室から出てきた未羽が笑顔で手を振っている。

「探したんだよー！」

未羽の笑顔を見た瞬間、無性に安心して泣きたくなった。

一緒に帰った日は、気まずくなってしまったし、最後に顔を合わせたのは私の噂が広まったときだ。目を逸らされて、未羽も私の裏垢と信じているんだと悲しかった。

だけど目の前には、前みたいに変わらない笑顔の未羽がいる。

中学からの友達の未羽は、完全に私の記憶が消えたわけではないのかもしれない。

「みは、」

――え？

声をかけようとすると、未羽が私の横を通り過ぎていく。

瞳には私を映していない。よく知っているはずの未羽なのに、知らない人みたいで、私は頬を叩かれたような衝撃を受けた。

「未羽～！　お待たせ！」

振り返ると、バレー部の女の子がいて未羽はその子に話しかけている。最初から彼女が声をかけたのは、私ではなかったんだ。

「遅いから先行ったのかと思ったよー」

「ごめんごめん！　音楽室にスマホ忘れちゃってさ」

未羽も本当に私のこと覚えてないの？

高校のことだけではなくて、中学から私と過ごした思い出も全部消えちゃったの？

「……未羽」

小さな声で名前を呼んでも、未羽は私を見ない。

「てか、今日って練習試合するのかなー」

「そういえば、昨日やるとか言ってたかも」

そんな会話をしながら、未羽とバレー部の子は私から離れていく。

「待って……行かないで」

弱々しく声に出しても、未羽が振り返ることはない。いつもみたいに笑顔で〝紗弥〟と呼ぶこともなかった。

次第に姿が見えなくなり、私は視界がぐにゃりと歪んでいく。

都合よく大事な人だけが私を覚えているはずがない。そんな現実を突きつけられた。頰に生温かい涙が伝い、私は静かに震える息を吐いた。

『紗弥のこと心配なんだ』

未羽が私を思ってくれた言葉も、今までたくさん笑った日々も消えてしまった。けれど、未羽に目を逸らされた光景を思い出して、涙が止まる。

……これでよかったのかもしれない。あの噂も消えたから、私が未羽に誤解されて避けられることもなくなった。

大事な友達に嫌われて、軽蔑されるくらいなら、いっそのこと全てなくなった方がいいのかもしれない。

投げやりな気持ちになりながら、私は廊下の冷たい窓ガラスに寄りかかった。


翌週になっても忘れられたままの状況が続いた。私はこの現象を〝透明現象〟と名付けた。

学校の人たちは、毎日私に関する記憶がリセットされて、消えてしまう。

けれど学校外の繫がりの家族や近所の人は、私のことを覚えているようだった。

目の前の席に座っている時枝くんは、以前のように振り返ることはない。頑張ってなにかきっかけを作って話しかけてみても、初対面のような距離感のまま縮まることはなかった。

そしてもうひとつわかったのは、真衣と由絵が英里奈を避けているということ。むしろ以前のように敵視しているようにも見える。

英里奈と真衣たちの関係が修復したのは、私のなりすまし裏アカウントがあったからだ。もしかしたら私に関する記憶が消えてしまったので、仲直りのきっかけもなくなったのかもしれない。


英里奈は近くの席の子と話すようになっていて、別の居場所を作り始めていた。その子たちは真衣と由絵のことをよく思っていないのか、真衣たちの言動に対して小馬鹿にしたようにこっそりと笑っている。

「てかさ、よく英里奈も真衣や由絵と一緒にいたよね。今まで仲良かったのに急にハブるとか、マジないわ」

教卓までプリントを提出しにいくと、聞こえてきた会話に無意識に耳を傾けてしまう。

「あれは……私も悪かったから」

英里奈は落ち込んだ様子で、悲しげにうつむいてしまう。

「でも今はひとりじゃないから、大丈夫。本当にありがとう」

真衣たちを嫌っている子とあえて仲良くしているように見えて、なんとも言えないモヤモヤとした感情が芽生えていたけれど、今の英里奈にとって唯一の居場所なのかもしれない。

宥《なだ》めるように英里奈の肩を軽く叩いた子が廊下側を見て、「うわ」と声を上げる。

「今、由絵がこっち睨んでた。てかさ、由絵って中学の頃から結構トラブル多かったらしいよ」

英里奈だけに聞こえるように声を潜めたので詳しくは聞こえなかった。けれど、火種はさまざまなところから生まれていく。

真衣たちの怒りの対象が私から英里奈に戻っていることや、英里奈に拒絶された出来事が消えたことに安堵感を抱いてしまう。

あのままだったら私は耐えきれず壊れてしまっていただろう。けれど、攻撃対象が自分でなければいいという醜い感情を抱いている自分も、嫌でたまらなかった。


帰ろうとして廊下を歩いているときだった。

「うわー、雨じゃん！　せんせー！　練習中止～？」

開いている窓の外から声が響いてくる。

ジャージ姿の女子生徒たちが外周をやめて、先生の元に駆け寄っていくのが見えた。

大粒の雨が叩きつけるように降り、雨粒が廊下まで入ってきた。慌てて窓を閉めると、バチバチと吹きつける音が鳴る。

置き傘があってよかったと思いながら、ロッカーへ戻ろうと踵《きびす》を返す。

……あれ？

珍しく教室には男子生徒がひとりだけ残っている。頬杖をついていて顔が見えないけれど、座っているのは私の前の席なので、おそらくあれは時枝くんだ。

声をかけることもできずに、教室を通過していく。

今の私がいきなり声をかけたところで会話は続かないだろうし、知らない女子に話しかけられた時枝くんも困るはずだ。

ロッカーを開けて、ビニール傘を手に取ると、違和感に気づく。

綺麗《きれい》に留めていたはずのビニール傘が、乱暴に巻かれていて一部が盛り上がっている。

「うそ……」

一度しか使ったことがなかった思い出のビニール傘は、骨が一本折れていた。

頭に浮かんだのは、真衣たちの姿。

仲が良かったときに、どうしてビニール傘を使わずにいつもロッカーに入れているのかと聞かれたことがあった。

詳しくは話さなかったけれど、大事なものだからと話したことがある。

学校のロッカーはほとんどの人が鍵を閉めておらず、私もそのひとりだった。

……こんなこと、するなんて。

悲しさ以上に怒りが込み上げてくる。たとえ私がＳＮＳに書いたと思っていたとしても、人の物を壊すのは許せない。だけど今さら、文句を言うこともできない。

この記憶も、今の彼女たちは持っていないのだから。

こんなことになるのなら、家に持って帰ればよかった。

だけど、ロッカーに置いておいたのは――あの約束があったから。

ため息を漏らしながら、傘を丁寧に巻き直す。

このビニール傘は、入学したばかりのときに時枝くんがくれたもの。

雨に降られて帰れずに困っていると、一度昇降口を通り過ぎていった時枝くんがコンビニでビニール傘を買って戻ってきてくれたのだ。

翌日に私は時枝くんにお礼を告げて、お金を返そうとすると、いらないと言われた。

だから私は代わりに約束をした。

『今度、傘を忘れたときは私が貸すね』

四月にかわした約束を、いつか果たす日がくるかもしれない。

そう思って、私はあの日以来ずっと使わずに大事に取っておいたのだ。

だけど、この約束を覚えているのは私だけ。

ロッカーの上の棚に置いていた紺《こん》色の折り畳み傘を手に取る。こっちはなにもされていないみたいだ。

チリンと鈴の音が鳴る。そういえばこの折り畳み傘に、桜のキーホルダーをつけていたんだった。

時枝くん、まだ教室にいるかな。

窓の外を見れば、しばらく雨は止《や》まなさそうだった。

三章　傘結び

——最悪だ。

校庭の土が雨でどろどろになっていくのを眺めながら、ため息を漏らした。

放課後の教室には俺ひとりしかいない。

天気が悪くなってきたので、早めに帰ろうと思っていた矢先に、地元が同じ先輩に捕まってしまって少し話し込んでしまった。

そして帰ろうと思ったときには、大粒の雨が音を立てて降っていたのだ。

せめて雨が弱まるまで待とうかと思ったけど、なかなかその気配がない。

鈴の音が聞こえて振り返ると、教室の後ろの出入り口の前に女子生徒が立っていた。

「傘、ないの？」

こちらの様子をうかがうような少し躊躇いがちの声で話しかけてくる。

肩にかかるくらいの長さの黒髪に、大きくて澄んだ目。

知っているような気もするけれど、名前まではわからない。

ただ気になるのは丸い目は潤んでいて、今にも泣き出しそうなほど弱々しい。今まで話した覚えもないというのに、俺に怯えているみたいだ。

「あの……」

この階にいるということは、同じ学年なんだろう。

初めて会話をする相手とどう接するべきかわからず、できるだけ手短に会話を済ませたくて愛想《あいそ》笑いで返してしまった。

「忘れちゃって」

「傘、よかったら使って」

彼女はなぜか安堵したように笑みを浮かべて、先ほどよりも明るい声になる。

「え、いやそんなことしたら自分のは？」

「私、傘ふたつあるの」

ほらっと、腕にかけたビニール傘を持ち上げて見せてきた。どうやら折り畳み傘とビニール傘を持っているらしい。

「でも……」

正直ありがたいという気持ちもあるけれど、よく知らない相手に借りていいものなのか少し悩む。

「それに返さなくていいよ」

「なんで？　さすがにそれはダメだろ」

返さなくていいと言われる理由がわからず顔を顰めた。

腕にかけているビニール傘をよく見ると、少し歪で骨が折れているように見える。

壊れているから、いらないってことなのか？

彼女は眉尻を下げてほんの一瞬寂しそうにした後に、すぐに穏やかな表情で微笑んだ。

「だって明日にはきっと忘れちゃうから」

「忘れる？」

俺の問いには答えずに、彼女は歩み寄ってくると、折り畳み傘を俺の机の上に置く。袋には桜のキーホルダーがついていて、それがちりんと鈴の音を鳴らす。

「ならせめて、そっちの折れてるビニール傘でいいよ！」

貸してくれるのは、てっきりビニール傘の方だと思っていたけれど紺色の折り畳み傘の方らしい。

「これは、私の大事なものなんだ」

俺にはただの折れているビニール傘にしか見えない。けれど彼女は大事そうにしていて、壊れていない折り畳み傘の方を俺にあげると言ってくるのが不可解だった。

「だから、気にしないで」

これ以上食い下がるのは困らせてしまう気がしたので、俺はありがたく借りることにして頷く。

「ありがと」

濡《ぬ》れて帰らずに済むことに安堵しながらも、せめて名前を聞こうと思っていると、彼女は踵を返して行ってしまう。

「じゃあね、時枝くん」

「あ、ちょっと待って！」

呼び止めると、不思議そうに振り返った。

彼女が動いたタイミングで、桜の形のブローチのようなものがコートの隙間から見えた。それは折り畳み傘についているキーホルダーとよく似ている。

「必ず返すから！　名前教えて！」

「……いいのに」

困ったように眉尻を下げて笑みを浮かべると、彼女はゆっくりと口を動かす。

「宮里」

それだけ言うと、そのまま教室を出て行ってしまった。

……宮里。

その名前を聞いても、ピンとこなかった。

彼女は俺の名前を知っていたけれど、俺は彼女のことを知らない。

明日には忘れるってそこまで記憶力が悪いはずがない。一体どういう意味なんだと首を捻《ひね》るけれど、全くわからない。

ひとまずは机の上に置かれた紺色の折り畳み傘のおかげで、濡れずに家に帰れる。

誰もいなくなった静かな廊下を歩きながら、今日のうちに傘を乾かして、宮里さんに明日返そうと思った。

＊　＊　＊

翌朝、スマホのアラームのけたたましい音で目が覚める。

まだ眠たい目を擦りながらアラームを止めると、ディスプレイに浮かび上がったのは俺が記入した今日の予定。

こういう予定を入れているときは、大抵提出物があるときだ。

「先週配られた数学のプリントと……折り畳み傘？」

読み上げてから数秒間考える。

なんで〝折り畳み傘〟という言葉が書いてあるんだ？と疑問に思いながらも、放課後のことを思い出した。

そういえば昨日雨が降ってきて、教室で雨が弱まるのを待っていた。

「でも俺、傘さして帰ってきたよな？」

さしていた傘を思い出してみると、紺色の折り畳みだった。でもそもそも折り畳み傘なんて俺は持っていないはずだ。

「あ……折り畳み傘を貸りたんだった。……あれ、でも誰が貸してくれたんだっけ？」

放課後の教室で、〝誰か〟が声をかけてきたのは思い出した。

傘がないのかと聞かれて、自分は傘が二本あるからと折り畳み傘を貸してくれたんだ。

その人物の顔もはっきりと見たはずなのに、なぜかその顔にモヤがかかっていて、思い出せない。

『明日にはきっと忘れちゃうから』

その言葉の意味を、今知った。けれどただ意味がわかっただけで、理解はしきれていない。だってこんなのはどう考えたっておかしい。

まるで記憶操作をされたかのように顔だけが見事に思い出せない。

「わけわかんねぇ……」

夢でも見ているのかと頭を抱えていると、乱暴に部屋のドアが開けられた。

「清春！　朝！」

俺の部屋の入り口で、苺《いちご》ジャムを塗ったパンを咀嚼《そしゃく》しながら怒鳴《どな》ってくるのはふたつ上の姉だ。パン屑《くず》が落ちるから本気でやめてほしい。

「今起きるって～」

こうして起きるのが遅いと、問答無用《もんどうむよう》でノックをせずに呼びにくる。

「あんたが借りた折り畳み傘、もう乾いてるってよ。てかなに、女の子のでしょ、あれ。彼女？」

「違うって」

「ふーん？」

にやにやと詮索《せんさく》するように見られるのが面倒になり、起き上がって部屋のドアを閉める。朝から元気な姉ちゃんは、最近彼氏ができたからか、今、特にテンションが高い時期らしい。

「ちょっと！　なに反抗期？」

「着替えんの」

「なに今さら」とぶつぶつ文句を言いながらも、姉ちゃんが階段を下りていく足音がする。

ひとつだけ収穫《しゅうかく》があった。やっぱり借りた折り畳み傘は存在している。

そして少しずつ昨日のことを思い出してきた。寝る前に浴室に干して、乾燥機能を使ったのは現実らしい。

違和感があるのは、あの女子の顔がわからないという点だけ。

名前を聞いておくべきだったなと今さら後悔する。

……いや、聞いたはずだ。

だけど、なんて答えてたのかが思い出せない。

さすがに借りたままにするわけにもいかないのに、顔も名前もわからない相手にどう傘を返したらいいのだろう。

＊　＊　＊

学校へ行って、一年の教室がある階を歩きながら、すれ違う女子に注意を払っていく。けれどピンとくる相手はいない。

同じクラスの女子だったのだろうかと考えたが、その線は薄そうだ。いくらなんでも二月になっているのに、名前と顔のわからないクラスメイトがいるはずがない。

人に聞けるほどの情報もないため、探すに探せない。一日でこんなにも忘れてしまうものなのかと、自分の記憶力の低さに呆れてしまう。

それにあの女子が明日には忘れると言ったのはなぜだ。

人に覚えられにくいと自覚でもしていたとか？

疑問ばかりが頭に浮かんだだけで、結局なにも思い出せなかった。

「おはよー、清春」

廊下の窓から校門を通ってくる生徒を眺めていると、勢いよく身体が揺れる。誰か確認しなくても、大方予想がついた。

「はよー」

中学から一緒の一条拓馬が、俺の肩に手を回して、「なになに？　誰見てんの？」と興味津々《きょうみしんしん》で聞いてきた。

腕を引き剥《は》がして、隣に立つ拓馬を横目で見る。

派手な金髪で制服も着崩しているため、一見近寄り難い。けど性格が明るくて人懐っこい拓馬は交友関係が広い。

もしかしたら、あの人のことを拓馬なら知っているかもしれない。

「人探してるんだけどさ」

「まじ！　清春が？　どんな女の子！」

詳しく話していないのに女子だと決めつけている拓馬に呆れつつも、淡い期待を込めて答える。

「黒髪」

「は？　それだけ？」

「一年女子」

「いやだから、それ以外にもっと具体的な情報は？」

そうは言われても、思い出せないのだから仕方ない。

「どんな顔？　名前は？」

「わかんない」

「話になんねー」

俺も「だよな」と苦笑してしまう。情報が少なすぎる。

一年女子で黒髪。あとは紺色の傘を貸してくれて、そこに桜の形の鈴がついていた。

わかるのはそれくらいだ。

「で、なんで顔も名前もわかんねーのに探してんの？」

「……傘、返したくて」

拓馬の顔が引きつる。傘を借りたなら、顔と名前くらい覚えておけよとでも言いたげだ。

「なんで覚えてないのか、自分でもわかんないんだよ」

「それいつ借りた傘？」

「昨日」

「はぁ？　それなのに忘れた？　女の子の顔を？　うわ、ヤバっ」

拓馬みたいに、女子の顔と名前は一度話せば覚えるような特技はないけど、さすがに俺も自分の記憶力には引っかかる。

「なんか変なんだよな」

「変に決まってるだろ。普通、親切にしてくれた女の子の顔忘れるか？」

「いや……よくわかんないんだけど、記憶にもやがかかってるみたいな感じでさ」

拓馬は哀れむような表情で俺を見ながら、軽く肩を叩いてきた。

「疲れてんだな」

違うと反論したくなったものの、俺は面倒なのでそういうことにしておいた。

多分あの女子から言われた〝明日にはきっと忘れちゃう〟という言葉を拓馬に話しても、理解し難いに決まっている。

「あ、知香《ちか》ちゃんと結芽《ゆめ》ちゃん一緒にいる」

窓から校門を見下ろしながら、拓馬が身を乗り出した。

拓馬のクラスの女子なのか、下の名前を聞いてもさっぱりわからない。けれど、視線の先を見ると、見覚えのある女子ふたりだった。時々拓馬と一緒にいるのを見たことがある。

「昨日まであのふたり、すげー険悪だったのに。なにもなかったみたいに仲良くなってんのすげーよな」

「へー」

「しかも俺が知る限り、三回目。なんで女子って、くっついたり離れたり繰り返すんだろうな〜」

拓馬は女子と仲良い分、いろいろ巻き込まれやすいらしい。だからよく〝女子の問題には口を出さない方が身のためだ〟って言っていた。

『――さんのこと、――でも今清春が女子のことに口出したら逆効果だから』

最近言われた気がするのに、詳しく思い出せない。

なんで拓馬にそんなこと言われたんだっけ？

「拓馬、俺って女子の喧嘩に巻き込まれたことってあったっけ」

「は？　清春が？」

眉根を寄せた拓馬が、少し考えてから首を傾げる。

「いやー、特になくね？」

「……だよな」

ならなんで、俺には拓馬に女子たちの問題に口を出すなって止められた記憶があるんだ。

夢と混同しているのか、それとも昔あったことと記憶が混ざっているのか。

大事ななにかが頭から抜け落ちているような違和感に、もどかしさを覚えた。

そのあと、他のクラスを覗いてみた。顔を覚えていないものの、会えばわかるかもしれないと思ったからだ。けれど、結局折り畳み傘を貸してくれた女子はわからないまま。

同じ学年にいるはずなのに、彼女の言葉通り忘れてしまっている自分に、苛立ちを感じた。意地になっていることもわかっている。

本人も返さなくていいと言っていたはずだ。だけどこのまま忘れてはいけない気がしていたし、せめてちゃんとお礼を言いたい。

昼休みになり、席を立ったときだった。

同じタイミングで後ろの席の女子が立ち上がったのがわかった。教室の外で食べるのか、手にはお弁当を持っていた。

——あれ？

一年近くこのクラスで過ごしているはずなのに、後ろの席に座っている女子の名前がわからない。

俺の視線を感じたのか、彼女がちらりとこちらを見てくる。

そしてすぐに目を逸らして、お弁当を抱えながら通り過ぎていく。

「え……」

彼女のブレザーのポケットに桜のブローチのようなものがついている。あれを、俺はどこかで見たことがある気がした。

開いたままのカバンに視線を落とすと、借りた折り畳み傘が目に留まる。

キーホルダーと桜の形がほとんど一緒だ。同じメーカーなのは間違いない。

『じゃあね、時枝くん』

そうだ。コートを着ていたので、はっきりとは見えなかったけど、折り畳み傘を貸してくれた女子も、ブレザーのポケットによく似ているものをつけていた。

「待って」

慌てて背中に呼びかけても、自分が呼ばれていることに気づいていないらしく、そのまま教室を出て行ってしまう。

「……っ」

呼び止めたいのに名前が出てこない。

あのとき、俺が名前を聞いたはず。……彼女はなんて答えてた？

考えてもすぐには出てこない。まだ遠くには行っていないはずだ。

俺は教室を出て、人の間を縫うように小走りで追いかける。

「なあ！　待って！」

後ろから声をかけても振り返ってはくれない。

いきなり腕を掴むことも気が引けたため、彼女の目の前に回り込む。

「え……？」

俺が目の前に立ったことによって、ようやく視界に入れてくれたようで目をまん丸くして呆然と立ち尽くしている。

「あのさ」

記憶をどんなに手繰《たぐ》り寄せても、放課後に話した相手の顔が思い出せない。それなのになんて話を切り出すべきなのかと迷う。

「あー……えーっと」

こんなに必死に追いかけたくせに人違いだったらどうする。たとえ本人だとしても、返さなくていいって言ったのにと迷惑がられてしまうかもしれない。そんな余計なことまで考え出して、うまく言葉が出てこない。

けれど、彼女はじっと俺の言葉を待っているようだった。

「っ、昨日！　俺に傘貸してくれたよな？」

違うと言われるか、貸したと言われるか、そのどちらかだと思っていた。

けれど目の前の彼女は、瞳を揺らしている。

瞬きをすると、一筋の涙が頬に伝った。

「わ……の、こと……っ」

声を詰まらせながらなにかを伝えようとしているけれど、うまく聞き取れない。

その泣き顔を見た瞬間——苦しそうに涙を流している姿が脳裏《のうり》に浮かんだ。

俺はこの人のことを〝知っている〟。それなのに煙《けむ》に巻かれたように、今までどんな会話をしていたのか、どんな人だったのかが思い出せない。

一体いつ、彼女の泣き顔を見たんだ？

昨日の放課後ではない。別の日……でもそんな昔でもないはずだ。

『〝違う〟って言ったら、信じてくれるの？』

煙が薄れていく記憶の中で、涙を流しながら無理に笑っている彼女が映る。

遠ざかっていく背中を追いかけようとしたとき、誰かに止められた。

『紗弥って、嘘つきだから近づかない方がいいよ』

それを言ったのは、誰だった……？

俺はなぜかその人物に苛立ち、言い返したはずだ。だけど怒りを覚えた理由も、なにを言ったのかも思い出せない。

紗弥って誰のことだ？

「時枝くん、私のこと……忘れてないの？」

微かに震えた声で、目の前にいる彼女に名前を呼ばれて、ずきりとこめかみ辺りに痛みが走る。

『おはよう。時枝くん』

後ろの席で笑いかけてくれる姿が頭に浮び、自然と口が開く。

「宮里……?」

どうして俺は、今まで忘れていたんだろう。

同じクラスで、後ろの席で、好きな人——宮里紗弥のことを。

四章　片時雨

世界から私だけが取り残されたみたいな、そんな寂しさを学校で感じていた。

でも同時に安堵も得られた。私を忘れてくれているおかげで、こんなにも平穏な日々が送れている。

——だけど、私の名前を彼が以前のように口にしてくれたとき、涙が溢れ出てきた。

「宮里、だよな?」

忘れてほしいと自分で願ったくせに、時枝くんが覚えていてくれたことが嬉しく感じるなんて、わがままだ。

「なんでかわかんないけど……俺、宮里のこと」

気まずそうに口を噤《つぐ》んでしまった時枝くんに、私はブレザーの袖口で涙を拭ってから、言葉を続けるように口にする。

「〝忘れてた〟?」

困惑した様子の時枝くんが、申し訳なさそうに頷いた。

時枝くんが悪いわけではない。これは全て私の願いが叶った結果だったから。

「私の話、聞いてくれる?」

信じてくれるかはわからない。だけど、今ここではぐらかしたら、二度と話すチャンスはやってこない気がした。

学校でみんなが私を忘れた中、時枝くんだけが思い出してくれたこの一日を、私はこのまま終わらせたくない。

時枝くんは、緊張しているのか強張った顔になった。

「聞かせて」


私たちはそれぞれ昼食を持ち寄って、四階から屋上へと続く階段で話すことにした。

一番上の段まで行くと、ふたりで並んで座る。

食べ物が喉に通るような気分ではなく、先に私は話を切り出した。

「さっきの話についてなんだけど、今、時枝くんは私のことどこまで覚えてる？」

その質問に、時枝くんは少し考えるように腕を組んでから、口を開く。

「同じクラスで、一月の席替えで近くになってから、よく話すようになったこととか」

「最近私と交わした言葉って記憶に残ってる？」

「うーん……最近っていうと、傘借りたときの会話は覚えてる」

「その前は？」

「席が近いからよく話してた記憶はあるけど……あ、寝癖の話とか、あとは好きなアーティストとか映画の話してたのは覚えてる」

それを聞いて、私は胸を撫で下ろした。

彼は覚えていない。私が忘れてほしいと願った原因である、裏垢の一件を。

「私に関する記憶が消えたのは、時枝くんだけじゃないの」

「それって、他のやつらも宮里のこと忘れてるってこと？」

「うん。学校の人たちから私に関する記憶が消えているんだ」

そして私は、毎日学校の人たちの私に関する記憶がリセットされること、思い出してくれた人は時枝くんが初めてだったことを話すと、黙り込んでしまった。

くしゃくしゃと髪を掻いてから、時枝くんがぽつりと問いかけてくる。

「……いつから？」

レインドームに願ったのがバレンタインデーの日で、透明現象が起こったのが十五日。そして今日は二月の二十二日だ。

「ちょうど一週間だよ」

「てことは、最近ってことか」

本気で信じてくれているのかはわからない。けれど否定をする気はないようだった。

「えっと、その私が言うのもなんだけど……信じてくれるの？」

「正直、そんなこと普通はありえないって思う。でも、俺が経験してるし……傘を借りたとき宮里のこと全く覚えていなかったんだ」

「……うん」

「今思い返しても説明がつかない。俺が宮里のこと忘れるなんて、ありえないことなのに」

その言葉が私を特別だと言っているように聞こえて、頬が熱くなる。

都合のいい意味に捉えてはいけない。席が近くて毎日話していたはずの私のことを忘れることがおかしいということだ。

「じゃあ、この一週間はみんなに忘れられて過ごしてたってことだろ」

「そう、だね」

「そんなのつらすぎるよな」

つらくない、と言えば嘘になる。だけど、一週間前に戻りたいのかと聞かれたら、私は戻りたいとは言えない。

「また明日になったら、俺は宮里のこと忘れんのかな」

その言葉に胸が軋む。

こうして話せるのは、きっと今日だけ。

翌朝になったら、また顔も名前もよくわからないクラスメイトになるはずだ。

「多分、忘れちゃうと思う」

「……忘れたくねぇな」

溢れ出てきそうな感情を抑えるように、私はきつく目を閉じた。

こんな気持ちはわがままだ。

学校の人たちに忘れられていることにほっとしているくせに、時枝くんには私を覚えていてほしいなんて。

「俺になにか手伝えることがあったら言って」

「え？　でも」

「できるだけ覚えていられるように、メモするとかいろいろ試してみるから」

時枝くんの眼差しは真剣で、本気で私のことを心配してくれているのが伝わってくる。

「だから、あの折り畳み傘まだ貸しといて。あの傘があれば、俺はまた宮里のことを探し出せる気がする」

以前のような笑顔を向けてもらえて、目頭が熱くなった。

けれど、時枝くんの優しさは、今の私にとって直視するには眩《まぶ》しすぎる。心の中にある黒く渦巻《うずま》く感情を知られることが怖い。

「どうしてこんなことが起こったのかとか、心当たりある？」

私は声が震えてしまいそうで、うつむきながら首を横に振った。

ごめんなさい、時枝くん。

心の中で、何度も謝りながら私は祈るように両手を握った。

私は時枝くんに、すべてを話せない。

誰かが私の裏垢を作ってなりすましていたことや、私がそれほど恨まれているかもしれないこと。

それを話すことによって、時枝くんはすべての出来事を思い出すかもしれない。もしも、突き放されたら私の心は今度こそ折れてしまいそうだ。

スカートに涙が滲み、痕《あと》を残していく。時枝くんは遠慮がちに私の肩へと手を伸ばした。大きな手が温かくて、すがりついて寄りかかってしまいたくなる。

「不安かもしれないけど、たとえ忘れてもまた宮里のこと思い出すから」

嗚咽《おえつ》を漏らしながら泣きじゃくる私を時枝くんは引き寄せると、背中を軽くとんとんと優しいリズムで叩いてくれた。

「一緒に思い出してもらう方法を探そう」

「……ありがとう」

透明現象は私自身が望んだことで、本当は戻る勇気がない。

時枝くんや未羽、真衣たちから一緒に過ごした大事な思い出が消えてしまうことは悲しい。けれど忘れられている今の方が安らげる環境だなんて、言えなかった。

ずるくて、勝手で、最低だ。

それでも私の存在を〝忘れないで〟と願いたくなる。

その日の夜、私は部屋のローテーブルに置いていたレインドームをじっと観察していた。雨が桜の木に降り注いでいる。

購入した日よりも、雨が強くなっているように思えるけれど、これがすごい力を秘めているようにも見えない。こんなことが起こっているのに、レインドームに不思議な力があるということに対しては、半信半疑だった。

「……時枝くんが私のことを覚えていてくれたらいいのに」

そんな都合のいい願いが叶うはずないかと思いながらも、私は指先でレインドームに触れる。

だけどきっと、また忘れられてしまう。

床に落ちていた青いリボンを拾い上げる。

時枝くんに渡したいと思っていたバレンタインのチョコレートをラッピングしていたものだ。

それを握り締めながら、いまだに机の上に置いてあるチョコレートの箱を眺める。

友達用に買ったチョコレートだけど、このままだと自分で食べるしかない。

もしも私のことを覚えていてくれたら、そのときは——。淡い期待を抱いて、私はチョコレートを一箱カバンの中に入れた。

祝日明けの木曜日、学校へ行くと〝普段通り〟だった。

誰も私に関心を持っていない。

——よかった。

私の毎日は不安と安心の繰り返し。

学校へ行くまでは、思い出されたらどうしようと恐れていて、忘れられているとわかるとほっとする。

だけど、今日ひとつだけいつもと違うのは、まだ空いている目の前の席をしきりに気にしてしまうことだ。

時枝くんが私の方を見ることなく席に座ったら、忘れられているはず。

それを間近で確認するのが急に怖くなり、とっさに立ち上がる。

向き合うことから逃げるように一旦教室から出ようとすると、目の前に影が落ちた。

「あ……」

後ろのドアの前に、教室に入ろうとしていた時枝くんが立っていて、体が石のように動かなくなってしまう。

時枝くんは目を見開いて私を見ると、すぐに横にずれて道を開けてくれた。

「ごめん」

その瞬間、察してしまった。

「……ありがとう」

退《ど》いてくれた時枝くんにお礼を告げて、通り過ぎていく。

やっぱり忘れられてしまった。都合よく覚えていてくれるはずがない。

淡い期待を捨て去って、行くあてもなく廊下を進んでいく。

今はとにかく、誰にも見られない場所に行きたかった。

だけど思いつくのは、昨日時枝くんとふたりで話した場所くらいだ。

『忘れたくねぇな』

交わした会話を思い返して胸が痛む。私は逃げ込むようにそこへ向かった。

四階から屋上へと続く階段の途中に座り込み、ため息を漏らす。

これでよかったんだ。

自分で最初に願ったことなのだから、これ以上は望んではいけない。

そう自分の心に言い聞かせる。

しばらくここで気持ちを落ち着かせてから、ホームルームが始まる前に戻ろう。そんなことを考えていると、足音が聞こえてきた。

この辺りはひと気がないため、よく響く。

上履きの底が硬い床を叩くような忙しない音が、次第にこちらへと近づいてくる。

そのことに私は体を強張らせた。

相手の目的地がここなら場所を譲ったほうがいいのか、そもそもなぜ走って向かってきているのだろう。などと考えていると、すぐそばで靴底が擦れて高い音が鳴った。

階段の下に姿を現した人物に私は目を丸くした。

「っ、はぁ……よかった。ここにいた」

肩で息をしながら、膝に手をついている彼におずおずと声をかける。

「……時枝くん？」

どうしてここにきたのかわからず困惑した。それに、今は私を探していたような口ぶりだ。

顔を上げた時枝くんは、この間のような優しい笑顔を私に向けた。

「おはよ、宮里」

私は口元を両手で覆いながら、状況をのみ込もうと必死に考えをめぐらせる。

もしかして時枝くんは、私のことを覚えている？　忘れられていると思ったのは勘違いだったのだろうか。

「一昨日話した相手が誰なのか、また忘れてたんだ」

「で、でも今は思い出したの？」

時枝くんは頷くと、階段を上《のぼ》って近づいてくる。

「すれ違ったとき、宮里がポケットにつけてる桜のやつが見えて、俺が借りた傘についてる桜のキーホルダーと同じだって気づいたんだ」

どうやら私のブレザーの胸ポケットにつけている桜の髪留めと、折り畳み傘についている桜のキーホルダーが思い出すきっかけになったらしい。

「朝スマホに残しておいたメモを見て、誰かに傘を借りていて、話をしたことは思い出したんだけど、顔と名前がなかなか思い出せなくてさ」

時枝くんが隣に腰を下ろすと、ニッと歯を見せて笑いかけてくる。

「宮里のこと、思い出せてよかった。ごめんな、さっき忘れてて」

私は気にしないでと、首を横に振る。

「思い出してくれて、ありがとう」

大切な人に名前を呼んでもらえて、覚えていてもらえることが嬉しくて、涙を堪えた。

翌日の金曜日は、朝目覚めてスマホに書いていたメモ書きを見たら、私のことを思い出せたと時枝くんが話してくれた。

土曜日も、日曜日も時枝くんはメッセージをくれて、朝起きたらメモを見なくても、すぐに思い出せるようになったらしい。

時枝くんの記憶から私が消えなくなっている。

けれど、〝私に関する全ての記憶〟が戻っていないことは、話していてわかっていた。

時枝くんは私の交友関係を把握《はあく》していないようで、あのなりすましの件のことも一切覚えていない。

一度は忘れたはずなのに、思い出せたのはどうしてだろう。

もしかして私がレインドームに願ったから?

あのつらい日々から逃れられた歪な平穏に、小さなヒビが入り始めている。

元に戻るのは難しくないのかもしれない。けれど私は目の前の幸せを消したくなかった。

月曜日の昼休み、私と時枝くんは四階から屋上へと続く階段にいた。ここはすっかりふたりの待ち合わせ場所になっている。

「宮里の忘れられる現象って、学校限定ってことは学校に原因があるってことだよな。普段とは違うなにかが今月に起こったとか……でも特に二月って、行事もないよな」

昼食をとりながら、私は曖昧に返事をするしかなかった。時枝くんは考え込むように、サンドイッチを食べている。

この関係と環境に甘えてしまっている私は、時枝くんの親切心を踏みにじっている。

そのことに罪悪感が広がり、心が重くなってきた。

いずれは時枝くんも全てを思い出すかもしれない。それなら私から告げたほうがいいのだろうか。けれど、今は真実を話す勇気がまだなかった。

じっと私を見つめる視線に気づいて、とっさに背筋を伸ばす。

考え事をしていたせいで暗い表情になっていたかもしれない。

「ごめん」

突然謝られたことに、なにか誤解させてしまったのではないかと少し焦る。

「えっと、ごめんって？」

「無神経なこと言ったかも。宮里だって、この状況もどかしいよな」

私は本心を見抜かれないように、視線を逸らして「大丈夫」と返した。

虚勢《きょせい》なんかじゃない。私の心は、透明現象が起こる前の方が壊れてしまいそうだった。

「放課後、時間ある？」

空気を変えるような時枝くんの明るい声に驚きながらも、特に用事もないため頷く。

「じゃ、一緒に出かけよ」

「えっ？」

さらりと誘われて、心臓が普段よりも速く鼓動し始める。

これはつまり、ふたりきりで学校の外に行くってこと？　私と時枝くんが？　急な展開に戸惑いと緊張、そして嬉しさが心の中にぎゅうぎゅうに詰め込まれていく。どうしよう。動揺して言葉がうまく出てこない。

「嫌？」

私が黙り込んでしまったためか、時枝くんが顔色をうかがうように覗き込んでくる。だ、だめだめ！　今は顔を見ないで！　絶対赤い！と叫び出したくなったけれど、必死に首を横に振って、嫌じゃないと意思表示した。

「なら、決まり」

この気持ちに気づかれないためにも、火照《ほて》った顔を隠してしまいたい。けれど、私は時枝くんの笑顔から目が離せなかった。


放課後を楽しみに感じたのは、久しぶりだ。

帰りのホームルームが終わると、クラスメイトたちが次々に教室から出て行く。

そわそわとしながら前を見やると、振り向いた時枝くんと目が合った。

「行ける？」

たった一言。それだけなのに、照れくさくなる。

これから時枝くんとふたりで出かけるなんて夢みたいだ。

私が頷くと、時枝くんが立ち上がる。カバンを手に取って時枝くんの後を追っていくと、廊下で一条くんと鉢合《はちあ》わせた。

「清春、帰んの？　今日うち寄ってかね？」

「悪い、ちょっと用事があって」

一条くんは時枝くんの後ろにいる私に気づき、まじまじと見つめてくる。

「おー……なるほど？　そういうことか～！　なんだよ、も～！」

一条くんが肘《ひじ》で小突くと、時枝くんは鬱陶《うっとう》しそうにそれを払い除《の》けた。

「お前が誤解してるような意味じゃないからな」

「ふーん？　邪魔《じゃま》しちゃ悪いし、先行くわ～！　おふたりさん、またなー！」

にやりと笑った一条くんは、私にも気さくに手を振ってくれた。

その光景に、私はあることを思い出して首を捻る。

「……気を悪くさせたなら、ごめん」

時枝くんが気まずそうに謝罪をしてきた。私がぼんやりとして黙り込んでいたので、なにか勘違いをさせてしまったかもしれない。

「拓馬っていつもああいうノリで」

「あ……うん、大丈夫！」

私が一条くんを見ながら黙っていたのは、会話の内容に困ったわけでも、ノリについていけなかったわけでもない。

なりすましの投稿を思い出したからだ。

一条くんが私を好きで、そのことに私自身も気づいている。そういう投稿があった。

真衣もそれを指摘してきた。

だけど、私は一条くんと今までほとんど会話をしたことがない。

話したことがあるといっても、たまたま一言二言、言葉を交わしたくらいだ。それなのに、あの一条くんが私を好きになることなんて、あるだろうか。

友達という立ち位置にすらいないほど、関わりがなかった。

それなのにどうして、なりすましをした人は私と一条くんになにかがあるような投稿をしていたのだろう。

一条くん関連の話題は、いつも真衣たちがしていて、私からはしたことがない。三人とも裏垢を見るまでは、私と一条くんは顔見知り程度だと思っていたはずだ。

そのため、なりすましをした人は真衣たちではない。そう思っていたけれど……由絵の失恋話や真衣と英里奈の好きな人などが投稿されていた。あのことを知っている人は限られている。

信じたくはないけれど、もしも三人のうちの誰かだとしたら——。

「宮里？」

時枝くんに名前を呼ばれて、一気に現実に引き戻される。

「ごめんな。変な誤解させて」

「えっ、あ、違うの！　嫌だったわけじゃないよ！」

とっさに返した本音に、時枝くんが目を見開いてから、すぐに柔らかく微笑む。

「ならよかった」

「むしろ時枝くんが周りに誤解されたら……あ、でも私のことみんな明日には忘れるから大丈夫かな」

時枝くんと私が一緒にいて、誤解する人がいたとしても、今日だけのことだ。

それなら今だけは堂々と一緒にいてもいいのかな。

そっと、一歩だけ踏み出してみる。

「……今日はこうして、近くにいてもいい？」

透明現象が起こる前だったら、私は悪い意味で注目を受けていたから、できなかったことだ。

多くは望まないから、どうか今だけはわがままを少しだけ許して。

「今日だけじゃなくたっていいよ」

「え？」

時枝くんの手が、私の手を軽く引いた。身体が前のめりになり、半歩進むと私たちは横に並ぶ。

「隣歩きたくなったら、いつでもきて」

見上げると時枝くんと視線が重なった。

繋いだ手から伝わる体温と、寄り添ってくれるような優しげな眼差しに胸が高鳴る。

「あ、ごめん！」

時枝くんは我に返った様子で、手を慌てて離した。そして、恥ずかしそうに顔を背けてしまう。

「変なこと言ったかも」

「う、ううん。……時枝くん、ありがとう」

頬がほんのりと赤くなっているように見えて、私も頬に熱が集まっていく。

手が離れてしまったことが名残惜《なごりお》しくて、指先の熱を逃さないように、自分の手を握り締めた。

ロッカーまで行くと、授業で使った教科書やノートをしまってコートを取り出す。

準備を終えると、すぐそばの柱に寄りかかるようにして時枝くんが立っていた。

「お待たせ」

声をかけると、時枝くんが顔を上げた。濃紺のコートを着ていて、暖かそうなチェック柄のマフラーを巻いている。

「行こ」

「……うん」

 まるで付き合っているみたいで、一条くんにからかわれたことを思い出して照れくさくなってきた。

学校を出ると、首元が少し寒く感じた。今日は晴れていて暖かいほうだけど、さすがにコートだけでは防寒は弱い。

「宮里、寒くない？」

「少しだけ」

「外ふらつこうかと思ったけど、やめとく？」

心配そうに言われて、私は首を横に振った。

「マフラーあるから、我慢できなくなったら巻くよ！」

「え、今した方がよくね？　寒いんだろ？」

「だって……マフラー巻くと変な見た目になる」

私のマフラーは分厚くて、巻くと髪の毛がくしゃっとなってしまう。そのボサボサな姿を時枝くんの前で晒すのは、できるだけ避けたかった。

「風邪ひきたいの？」

「そういうわけないけど、でも」

「宮里、マフラー」

「……はい」

渋々カバンを開けて、マフラーを取り出すと時枝くんが噴き出した。

「カバン、ほぼマフラーが占領してんじゃん！」

「これ暖かいんだけど、かさばるんだよね」

「貸して」

巻くことを躊躇していると、すっと時枝くんが奪う。そして私の首に、ふわりとマフラーをかけた。

くるりともう一周して巻いてくれている中、私は頬の熱が上昇していくのを感じる。

「髪、外に出したほうがいい？」

「う、うん」

近い距離に、首に回される時枝くんの手。目の前には濃紺のコートが見えて、あと一歩前に進んだら、抱きつくような形になってしまう。

緊張して体を硬直させていると、時枝くんの手が私の髪に触れる。

髪の毛がマフラーに巻き込まれないようにしてくれて、もう一度丁寧にマフラーが巻かれていく。長いため二重にされて、先の方が軽く結ばれた。

「ふっ」

「……時枝くん、今私のこと見て笑ったでしょ」

分厚いマフラーの上に顔がちょこんとのっていて、赤ちゃんが首浮き輪をつけたみたいだとお母さんにも笑われたことがある。

別のマフラーに変えようかと思ったけれど、これが一番暖かくて手放せないでいる。だけど今日時枝くんと帰ると知っていたら、違うのを持ってきたのに。

「や、かわいいなと思っただけ」

そんなこと締まりのない笑顔で言われても、からかわれているようにしか思えない。疑いの眼差しを向けていると、時枝くんが私のマフラーに手を伸ばしてくる。

「本当だよ。宮里、白似合うね」

結び目をぽすっと軽く叩くと、時枝くんが歯を見せて笑った。

私はすぐにうつむいて、コンクリートをじっと見つめながら叫び出したい気持ちを耐える。

深い意味はなくても、言われているこっちは心臓がもたない。

「からかったわけじゃないって！　本当ごめんな？」

私が怒ったと思ったのか、時枝くんが慌てだしたので顔を上げる。すると、時枝くんが固まってしまった。

「顔、赤」

「っ、そういうこと口に出さないで！」

軽く時枝くんの腕を叩くと、おかしそうに笑われてしまった。こんなふうに誰かと話して笑い合ったのは、いつぶりだろう。

学校から少し進んだ先にあるふたまたに分かれた道で、時枝くんが足を止めた。

「え？」

「右と左、どっちがいい？」

右に行けば、いつも帰る方の道で駅がある。けれど左は行ったことがなかった。

「右なら駅の周辺でいろんな店に行こうかなって思ってる」

「……左は？」

「河原とかがあって、俺のお気に入り。でも今二月だし寒いか」

たしかにこの時期に外で過ごすのは寒い。けれど未知の世界みたいで興味があった。

「左に行きたい！」

私の答えに意外そうにすると、時枝くんは笑みを浮かべて頷いた。

「じゃ、今日は左ってことで」

次もあるような言葉に、少しだけくすぐったくなる。

いつまた時枝くんにも忘れられるかわからない。だから今を大事にしたい。

左の道を進んでいくと、半歩先を歩いていた時枝くんが歩調を合わせるようにして私の隣に立った。

「こんな状況になってる宮里は気を悪くするかもしれないけど、なにかを失敗するとさ、周りの人たちの記憶から俺の失敗消えてくれって思うことがあるんだ」

「わかるよ。私もある」

音楽の授業のテストで声が上擦《うわず》っちゃって、うまくいかなかったときや、当てられた問題を外してしまったとき。数え出したらキリがないくらい。

「だから……みんなから私に関する記憶が消えて、悪いことばかりじゃなかったの」

「……うん」

時枝くんの眼差しは真《ま》っ直《す》ぐに向けられている。驚く素振りがなかったので、もしかしたらなにかを察しているのかもしれない。

「消えてほしいものも、一緒に忘れてくれたから」

私は立ち止まり、時枝くんの後ろ姿を見つめる。

彼はなにも知らないから、こうして私のそばにいてくれるんだ。

自制するようにうつむいて、冷えた手をぎゅっと握り締める。

――勘違いをしちゃダメだ。

「宮里」

時枝くんが私の意識を引っ張るように、優しい口調で名前を呼んだ。

顔を上げると、いつのまにか時枝くんも足を止めて、振り返っている。

「忘れたくない景色を探しに行こう」

隣を歩く彼から、白い息が浮かんで消えていく。

「時枝くんにとって、忘れたくない景色ってどんなの？」

「んー、秋なら紅葉《こうよう》が道を作ってるのを見たこととか、冬なら積もった雪に夕日が降り注いでいて綺麗だったとか。そういうありふれているけど心に残るやつ」

もっと特別な景色かと思っていた。想像よりも身近で日常的な景色。

けれど、私はそういったものに最近は目を向けていなかった。

「スマホばっか見て歩いてると、景色って記憶に残りにくいなって思うんだ」

その言葉に、私はコートのポケットに入れているスマホを握り締める。画像フォルダには、たくさんの思い出が詰まっていたはずだった。けれど私のことが忘れられて、画像が消えてしまった今では、真衣たちと過ごした日々で見てきた景色がすぐには思い浮かばない。

「みんなどこへ行っても、スマホで写真撮りたがるじゃん。だけどさ、ちゃんと目に焼きつけるのも大事だよなーって」

「……私、今までＳＮＳにのせたら反応いいかなってことを意識して、スマホ越しの景色ばかり見てたかも」

自分が心を動かされたものを撮るのではなくて、見た人の反応ばかりを考えていたと思う。

「俺の姉ちゃんもそんな感じだよ。花火をスマホで必死に撮ってる姉ちゃん見たとき、なんかもったいないなーって思ったんだよな」

行った場所や、珍しいもの、彩《いろど》りが綺麗なもの。

それらを投稿していい反応があると嬉しくて、思いのほか反応がよくないと消すときもあった。私はいつの間にかそういうものに囚《とら》われていたのかもしれない。

「SNSって楽しいし、そこから共通の話題を見つけて仲良くなることもあったけど、でも……時々自分を消費してしまう気がしてたんだ」

フォローしている子の投稿や、誰がいいねを押してくれたとか、誰と誰が親しいとか。みんなそういうことを気にしていて、そして自分も同じように見られているのだと感じていた。

「そういう繋がりも時には大事だとは思うけど、俺は画面の中だけが全てじゃないと思う。疲れたなら一旦離れてもいいんじゃない」

「私も、今ならそう思える。多分少し前まで、丸一日SNSを見なかったら、周りの話題から置いていかれそうで怖かったんだ」

「え、毎日チェックしないと話についていけないってこと？　あー……でもみんな結構な頻度で投稿してるもんな」

誰かから返事がこないと落ち込んだり、逆に早く返さないといけないと、焦ることもあった。

私は少しずつ自分の心を削っていた気がする。学校でもＳＮＳでも周りの機嫌をうかがってばかりだった。

「今日はさ、スマホを気にしないで自分の心に残るものを探そう」

「自分の心に残るもの？」

「誰かに見てもらいたいじゃなくて、宮里自身が忘れたくないって思う景色。こういうのは退屈？」

「ううん。忘れたくない景色を探したい」

私はポケットの中でずっとスマホを握り締めていた手を離した。画面越しに世界を見るのではなくて、自分の目で見て、好きだと思った景色を心に刻みたい。

「こんなところがあったの知らなかったな」

たどり着いたのは陸上競技場を取り囲む大きな公園だった。

「宮里、焼《や》き芋《いも》好き？」

「え？　好きだけど」

「じゃ、ここで待ってて」

突拍子もなくなにを言い出すのかと思っていると、時枝くんが走ってどこかへ行ってしまう。その先には石焼き芋と書かれている車があった。

ほんのりと甘くて香ばしい匂いが先ほどからしていると思ったら、正体は焼き芋だったらしい。

焼き芋を買ってきた時枝くんは、ひとつの包みを私に差し出してきた。

「こないだ傘を貸してくれたお礼」

それだけのことで、もらってしまっていいのかと躊躇う。すると時枝くんが「冷めるよ」と言って、包みを私の手の甲に軽くぶつけてきた。

「あの、ありがとう！」

受け取ると手のひらから、熱が伝わってくる。

「俺の方こそ、あのときはありがとな。あ、そこ座って食べよっか」

近くのベンチに腰をかけると、思ったよりも時枝くんとの距離が近く感じて、焼き芋の包みを持つ手の力をぎゅっと強めた。

あと数センチ右にずれたら肩が触れそう。

「外で食べる焼き芋ってうまいよなー。……あれ、食べないの？　もしかして苦手だった？」

「う、ううん！　いただきます！」

焼き芋をふたつに割ると、白い湯気が立ちのぼり、ふわりと甘い香りが漂う。紫色の薄い皮かじりつくとホクホクとした食感と控えめな甘みが口の中に広がる。焼き芋の温かさがじんわりと伝い、少し冷えた体に熱がめぐってきた。

「美味しい」

「たまにはいいな。こういうのも」

時枝くんの言っていた意味がわかった気がする。

私もこういう日常の幸せを覚えていたい。忘れたくない。

隣を見れば、焼き芋を食べている時枝くんの横顔。

たとえば、この記憶が誰かの願いによって消されてしまったら、と考えると急に不安が押し寄せてくる。その場合は忘れたことにすらわからないけれど、それでも思い出を強制的に消されるということに恐怖心を抱いた。

もしかしたら、私と少しでも関わっていたために、誰かの大事な記憶も丸ごと消えたなんてことも、起こっているのかもしれない。

そうだとしたら、私は大変なことをしてしまった。

私の身勝手な願いが、誰かの人生を大きく左右してしまった可能性だってある。そう思うと恐怖が黒い影となって心を蝕んでいく。

けれど、全てが元どおりになったら、あの日常が返ってきてしまう。

嘘ばかりの投稿に、周囲から向けられる冷ややかな視線や憎悪。耳を塞ぎたくなるような私の陰口。友達にも信じてもらえなかった。時枝くんだって、きっとすべて思い出したら、私があの投稿をした犯人だと思って、軽蔑するはずだ。

だけどこのままで本当にいいの……？

「そういえば宮里に俺、傘あげたことあったよな」

思い出したように時枝くんが話し始めて、不安定に沈み始めた感情が引き上げられる。

「うん。四月のときに」

入学して三週間くらいが経った頃のことだった。あのとき未羽は部活があって帰りはひとりだった。

予報では夕方から雨が降ると言っていたのに、朝は晴れていたのですっかり傘を持っていくのを忘れてしまったのだ。

少しくらい濡れても大丈夫だと思ったけれど、昇降口まで行ってみると案外降っている。どんよりとした気持ちで立ち止まり、カバンで濡れるのを防ぐようにして走っていく生徒たちを見送る。

私もそうやって帰ろうか迷ったけれど、せっかくの新しい制服がびしょ濡れになってしまう。

雨宿りをして様子を見ていると、隣で青い傘が開いた。

同じクラスの人だ。ふざけて騒いでいる男の子たちとは違って、彼は落ち着いていて、あまり笑う姿を見たことがない。近寄りがたくて話しかけにくい雰囲気を纏《まと》っている。

まずいと思ったときには、彼の視線がこちら向いていた。じっと見すぎてしまったみたいだ。

『傘、ないの？』

まさかそんな風に声をかけられると思わなくて、とっさに私は頷くことしかできない。

『駅の方向？』

『あ、うん』

『……俺の傘入ってく？』

『えっ！　いや、大丈夫！　気にしないで！』

同じクラスとはいえ、話したこともない人の傘に入れてもらうのは申し訳なくて勢いよく断ってしまった。

『そっか。すぐ止むといいな。じゃ、また明日』

それだけ言うと、彼は雨の中を進んでいく。〝また明日〟という言葉に私は、目を瞬かせた。もしかして私のことを、同じクラスの女子だと認識していたのだろうか。私のことをまだ覚えていない人だって多いはずなのに。

分厚い雲から滴る雨を眺めていると、水を弾くような音が聞こえてくる。

視界に入ったのは、見覚えのある青い傘。

なにか忘れ物だろうかと考えている私に、彼――時枝くんは真新しいビニール傘を差し出してきた。

『これ、よかったら使って』

『……もしかしてわざわざ買ってきてくれたの?』

傘がない私のために、ビニール傘を買ってきてくれる親切な行動にびっくりしていると、時枝くんはニッと歯を見せて笑う。

『雨いつ止むかわかんないしさ、なかなか帰れないんじゃないかなって、気になって』

『……ありがとう。時枝くん』

ビニール傘を受け取ると、時枝くんは『じゃまた明日!』と言って、すぐに帰っていく。

その後ろ姿を見つめながら、私は彼がくれたビニール傘の柄《え》をぎゅっと握り締めた。

これが私と時枝くんが初めて会話をした日で、そこから少しずつ彼に惹《ひ》かれていったんだ。

「四月の話だから、時枝くんはそのときのこと忘れてるかと思ってた」

「宮里といると、少しずつ思い出すんだ」

その言葉に背筋が凍った。

「じゃあ、私の嫌なところも思い出しちゃうかもしれないね」

冗談まじりの口調で言ってみると、時枝くんは「想像つかない」と苦笑する。

「時枝くんが覚えていないだけで、私すっごく嫌なやつだったかもしれないよ」

クラスの中で、きっと私が一番時枝くんと親しい女子だった。

真衣たちは時枝くんを素っ気ないとかあまり話さないと言っていたけれど、少しずつ接する機会が増えていって、席が前後になってからは特に心を開いていてくれたように思えた。

もしもなりすましの件を時枝くんが思い出したら、私に裏の顔があると拒絶するはずだ。

だってあのとき、おそらく時枝くんは、私がやったと思っていた。

「それはないと思うけど」

「……どうして言い切れるの？」

「まだ抜け落ちてる記憶があるのかもしれないけど、それでも今ある記憶の中で俺は宮里のこと嫌なやつって思ったことない」

　時枝くんが心配そうな表情で顔を覗き込んでくる。

「宮里はなににそんなに怯えてんの」

「それは、」

　答えを言ってしまえば、打ち明けることになってしまう。

　言葉が続かなくなって、私は口を閉ざした。

「なにもかもが合う人なんていないだろ。完全に同じ人なんていないし、合わない部分もどこかしらあると思う」

　時枝くんの言葉に私はうつむきながら、食べ終わった焼き芋の包み紙をくしゃりと握り締める。

　合わない部分。そこが見つかることによって、人間関係はいともたやすく崩れ落ちていく。特に学校という場所での関係は、細い糸で繋がっているようなもの。些細な言動が刃物になって、糸がぷつりと千切《ち ぎ》れてしまう。

「だけど俺は、それが少し見つかったくらいで宮里のこと嫌いにならない」

私を安心させるような優しい口調で言われて、視界が滲む。

「そもそも合わない部分がたくさんあったら、関わってないと思うし」

「そう、かな」

「俺の場合はそうだよ。記憶をたどってみても、俺から宮里によく声かけてたし。それって宮里のこと嫌だったらしてないから」

特に近くの席になってからは、時枝くんはいつも声をかけてくれていた。なりすまし事件が発生して、気まずくなってしまったけれど、他の人たちみたいに敵意を向けてくることはなかった。

引き止められたあのとき、時枝くんはどういうつもりで私に聞いていたのだろう。

『あのアカウントのことだけど、宮里なの？』

もしも私が『違うよ』と打ち明けていたら、時枝くんは信じてくれたのかな。

時枝くんが隣で立ち上がったのがわかって、顔を上げる。

「俺は宮里のことを忘れたくないよ」

それは、切実に願ってくれているような声だった。

温かい涙が冷え切った頬に伝う。

信じてほしい。突き放さないでほしい。時枝くんのそばにいたい。

だけど言葉に出すことができなくて、時枝くんがポケットティッシュを差し出してくれた。

「ごめ……っ、すぐ泣き止むから」

涙を止めようとしても、どんどん溢れ出てきてしまう。

もらったティッシュで擦るように拭うと、時枝くんに手を掴まれる。

「目、腫《は》れる。無理して泣き止もうとしなくて大丈夫だから。てか、宮里の手冷たい」

温めるように手を包み込まれて、心臓がどくどくと大きな音を立て始めて、涙が引っ込んだ。

「と、時枝くん」

骨張った大きな手にどぎまぎしていると、ベンチに置いていたカバンが地面に落ちてしまった。

時枝くんの手が離れて、カバンを拾ってくれる。

「ありがとう。あ……」

中にあるものが入っていたことを思い出した。カバンを受け取り、チャックを開けるか迷う。

勢いで持ってきた友達用に買ったチョコレート。本来時枝くんに渡したかったものとは違うけれど、チャンスがあるのなら、今さらだとしても渡したい。

「時枝くんって甘いもの、好き？」

「え？　うん」

「……チョコレートは？」

「チョコ？　好きだよ」

ゆっくりとカバンのチャックを開けて、ラッピングされた箱を取り出す。

心臓が破裂《はれつ》するのではないかというくらい騒ぎ出して、チョコレートの箱を持っている手が震えた。

「これ、よかったらもらってくれる？」

時枝くんはよくわかっていないようで、きょとんとした表情をしている。

「俺がもらっていいの？」

「うん、あの……バレンタインです。遅くなっちゃったけど」

目を大きく見開いた時枝くんは、すぐに箱を受け取ってくれた。そして嬉しそうに目尻を下げて笑った。

「ありがと」

渡せたことに胸を撫で下ろす。けれど、時枝くんがバレンタインデーの日に呼び出されていたことを思い出して、血の気が引いていく。

「あ、でも時枝くん、もしかして……彼女できた？」

「え、彼女？　俺に？」

「バレンタインの日に、呼び出されてチョコ受け取ってたよね」

もしも時枝くんがあの子と付き合い出していたとしたら、たとえ私に関する記憶が学校の人たちから失われてしまうとしても、こうしてふたりで放課後に一緒にいることはよくない。

「……告白はされたけど断った。そしたらチョコだけでも受け取ってほしいって言われたんだ」

「そうだったんだ」

失恋した人がいるのに、時枝くんが断ったことに安堵してしまった。だけど、それなら欲張って、もう少しだけ隣にいたい。

「これ、大事に食べる」

「……うん！」

一度は諦めたけれど、こうして渡せてよかった。時枝くんがカバンにしまってくれているのを眺めながら、私は冷えていた頬が温かくなるのを感じた。

場所を移動しようと言われて、元きた入り口とは反対から公園を出る。

少し歩いて、石段を下っていくと河原にたどり着いた。

「家帰るときの通り道なんだけど、ここ昔から気に入ってんだ」

「……綺麗」

淡い青から茜色《あかね》へと空が染まり始め、棚引《たなび》く雲は琥珀《こはく》色の陰を作る。夕焼けをのみ込んだような水面は、眩しいほどの輝きを放っていた。

世界が夕日に支配されていくような風景に心を奪われる。

「たまに学校帰りに友達ときて、家帰る前に腹減ったからってここで買い食いしたり、夏は川で遊んだりしてたんだよなー」

この河原は時枝くんの思い出の場所みたいだ。私の知らない時枝くんの話が聞けて顔が綻《ほころ》ぶ。

「宮里は中学のとき、学校帰りとか、どこ行ってた？」

「私は放課後の教室で話したり、友達の家に行くことが多かったかな。あとは友達と分かれ道のところで話が盛り上がっちゃって、日が暮れるまで話すってこともあったよ」

分かれ道のところでお喋りをしていた相手は、ほとんどが未羽だった。いくら話しても話し足りないくらい、外が真っ暗になるまで私たちはよく一緒にいた。

だけどもう未羽の中から私の記憶は消えてしまった。

あの笑顔を向けられることも、名前を呼ばれることも、二度とないのかもしれない。

そう思うと鼻の奥が痛み、目に涙の膜《まく》が張る。

「あ、雨」

晴れているように見えた空だったが、私たちの後方に灰色の雲がかかっていた。

夕陽に照らされて光のような雨が降り注ぐ。

今頬に伝ったのは、私の涙なのか雨なのかわからない。けれど痛みを優しく流してくれているような気がして、空を見上げながら雨を浴びる。

ちりんと鈴の音が聞こえて隣を見ると、時枝くんが紺色の折り畳み傘をカバンから出していた。

「これ、使っていい？」

「うん。大丈夫だよ」

桜のキーホルダーがついた傘袋を外し、時枝くんが傘を広げる。ふたりで入るためには仕方がないものの、傘を持っている時枝くんの腕と私の肩が触れている。

「結構降ってきたな」

傘の中だからか、声が普段よりも鮮明に聞こえる。

「そうだね。時枝くんが傘持っていてくれてよかった」

動揺を悟られないようにしながら、濡れていた頬を手の甲で拭く。顔が熱い気がして、くすぐったい気持ちになる。

夕暮れのチャイムが町に鳴り響く。小学生の頃に、何度も繰り返し聞いた曲だ。これが鳴ったら家に帰るというのが、ほとんどの子たちの決まりだった。

私たちのこの時間も、もうすぐおしまい。一日が終わってしまう。

「……忘れたくない景色、見れたかも」

私の言葉に時枝くんの目元がきゅっと持ち上がり、八重歯をちらりと見せる。

いつもよりも無邪気さを感じる彼の笑顔に見惚《みと》れそうになり、慌てて視線を移動させた。

「宮里に、そう言ってもらえてよかった」

淡い青から茜色に移り変わっていく空。水面に降る光の雨。

今日この時間に河原へこなかったら、見ることができなかったはずだ。

次第に雨は止み、時枝くんが水滴を払いながら傘を閉じる。折り畳んだ傘を私が袋にいれようとすると、強風が吹いた。

「ぅ、わっ」

冷たい風が捻《ねじ》れるような音を立てて吹き抜けていく。

手から袋がすり抜けてしまい、とっさに掴もうとしたけれど靡《なび》いた髪が視界を塞いで見失ってしまった。

風に煽《あお》られた傘袋の、桜のストラップについた鈴の音がどこからか聞こえてくる。

けれどいくら探しても袋は見当たらなかった。

「もう日が暮れるから一旦帰ろう。俺家近いし、明日時間に探してみる」

「ううん、大丈夫。見当たらないし、仕方ないよ」

時枝くんの手を煩わせたくはない。近いうちに自分で探しにくればいい。

「見つけたら、連絡する」

ほとんど諦めている私に時枝くんは、見つかると確信しているような真っ直ぐな目を向けてくる。

時枝くんは、時々直視するのを躊躇うほど眩しい。

彼なら本当に見つけてくれる気すらしてしまう。

「そろそろ帰ろう」


時枝くんが見せてくれた景色は、平穏でゆるやかな日常。

だけどその景色が、私にとっては愛おしく感じた。

ひとりだったら、気づかなかったことばかりだ。

学校帰りに食べる焼き芋ってこんなに美味しいんだね。久しぶりに聞いた夕暮れのチャイムは、どこか切なくて懐かしさを感じた。

太陽が沈むときは燃えるように熱くて、夕空は瞬きをするたびに表情を変えていた。

この時間を、景色を、感情を、私はずっと心に残しておきたい。

忘れたくない。

お願い、時枝くん。私を、この日を忘れないで。

五章　暗雲

宮里と放課後に出かけた翌日から、注意深くクラスの様子を観察した。

試しにクラスの男子に、宮里の名前を二日連続で出してみた。

すると前日も俺の後ろの席にいる女子だと説明したにもかかわらず、「宮里って誰？」と同じ反応をされたのだ。

宮里の言う通り、俺以外の人から宮里の記憶が消えている。

俺はというと、今では日をまたいでも宮里のことを忘れることはなくなっていた。前日にどんな会話をしたのかもちゃんと覚えている。

なぜこんな現象が起こっているのかわからない。それに時折、宮里が思い詰めたような顔をするのが気になっていた。

クラスのやつらに忘れられているからという理由だけではなく、なにか別のことで悩んでいるように思えたけれど、踏み込んでいいものなのか迷う。

「うわ、今度は由絵じゃん。英里奈と真衣が一緒にいるし」

「あそこのグループ、最近こういうの多くない？」

近くに座っている女子たちが、こそこそと話しているのが耳に入ってくる。

落合由絵は、真ん中の列の前から三番目の席に、ひとりで座っていた。誰とも話をせず、スマホをいじっているみたいだ。

落合はいつも小坂真衣たちと一緒にいたはず。小坂の席がある廊下側に視線を向けると、山崎英里奈とふたりで落合の方を睨むように見ながら、なにかを話している。

先週辺りまでは、山崎が輪から抜けて別の女子と一緒にいた。それなのに今度はターゲットが落合に変わったらしい。

『このままでいいの？』

確か俺、山崎がひとりになっているのを見て、誰かに言った気がする。だけど誰だっけ？

思い出せずもやもやとした不快感が思考を覆う。

山崎たちのトラブルの理由はよくわからなかったけど、小坂を怒らせたらしいのはみんなわかっていて、関わりたくないという人がほとんどだった。

誰かが仲間外れにされている状況は見ていて気分がいいものではない。かといって、事情もよくわからない俺に、解決できる問題でもないことはわかっている。

じっと山崎を見ていると、あることに気づいて目を見張る。

山崎が持っているスマホケースと、小坂が持っているスマホケースはクマのような耳がついていてお揃いだ。

席を立って、さり気なく落合が持っているスマホケースも確認してみると、同じ形で色違いのようだった。

そして俺は、もうひとり色違いで同じスマホケースを持っている人を知っている。

席に座っている宮里は、複雑そうな表情で落合や小坂たちのことを見つめていた。

昼休み、俺は宮里を誘って四階から屋上へと続く階段に座り、ふたりで他愛のない会話を交わしながら昼飯を食べる。

どう話を切り出すか迷っていると、そんな俺の様子に気づいたのか宮里が「なにかあった?」と問いかけてきた。

「あのさ」

言葉を探しながら、コンビニの袋をくしゃりと握り締める。

もしも触れてほしくないことなら、宮里の笑顔をなくしてしまいそうで躊躇う。でもこの現象と無関係なようにも思えなかった。

「宮里は、今まで誰と仲がよかった?」

「え?」

「みんなに忘れられる前、仲がいいやつっていたよな?」

宮里がいつもひとりだった印象がない。誰と一緒にいたのかは思い出せないけど、朝登校して話していると、よく数人の女子たちが宮里に声をかけているのを見た記憶がある。

「それは、えっと」

宮里からは笑顔が消えて、視線を下げてしまった。

「…………」

言いたくないのだと察して、俺は話を続けるべきか迷う。

「……未羽とは中学からずっと仲良かったよ」

「未羽？」

誰のことかわからず首を捻《ひね》る。他のクラスの女子だろうか。

「石井未羽。隣のクラスの子だよ」

「ああ……石井さんか」

あんまり話したことはない女子だけど、拓馬と同じクラスなので知っている。活発な感じの女子で、確かバレー部だって拓馬が言っていた。

「透明現象が起こる前までは、石井さんとは普通に話してたってことだよな。人間関係が原因なのかもって思ったんだけど、やっぱ、さっぱりわかんないな」

俺の言葉に宮里は口を閉ざしてしまった。

「もしかして石井さんとなにかあった？」

「なにかっていうか……うん、ちょっと気まずくはなったんだ」

宮里の表情に影が落ちる。触れられたくないと、伝わってくるけれど、この現象が起こる直前の宮里になにがあったのかを知らないと、解決できない気がした。

「理由って俺が聞いても大丈夫？」

「未羽が私のことを心配して言ってくれたことが、私にとっては納得ができないことで気まずくなったんだ」

石井さんが宮里のことを心配していたということは、意見の違いであって、お互いに不満があって険悪な関係になっていたわけではなさそうだ。

「それで——」

宮里はなにかを言いかけて、すぐに口を結んでしまった。

「話したくなかったらいいよ。無理に聞いてごめん」

「時枝くんが知ったら、私のこと軽蔑する。……だから、話すのが怖い」

両手を握り締めて、かすかに震えているように見える。宮里が俺になにかを隠しているのは、なんとなく察していた。だけど、俺が全てを知ったら軽蔑するかもしれないという理由なら、このままそっとしておくよりも、俺の考えを伝えたほうがいい。

「宮里は軽蔑されるようなことをしたの？」

「っ、してない。だけど……それを証明もできないの」

「俺は宮里の言葉を信じるよ」

視線を上げた宮里の瞳が揺れ動く。

涙が溜まっていて、今にもこぼれ落ちそうだった。そしてすぐに顔を歪めて、自《じ》嘲《ちょう》するような笑みを浮かべる。

「私の裏アカウントの存在がクラスの人たちに広まったんだ」

「……裏アカウント？」

「仲の良い人やクラスの人たちの悪口が書いてあるアカウントを、真衣に知られたの」

膝の上に置かれた宮里の拳《こぶし》は、小刻みに震えていた。

「クラスの人たちから敵意を向けられるようになって、それに仲が良かった未羽にも避けられて……っ、完全に居場所も失った」

うつむいた宮里は透明現象が起こる前のことを、時折言葉を詰まらせながら話した。スカートにはいくつもの涙が落ちていく。

「私……みんなから嫌われたんだ」

「でもそれ、誤解なんだろ」

宮里は軽蔑されるようなことはしていないけど、それを証明できないと言っていた。つまりそれは宮里がやったわけではないのに、周りの人たちは裏アカウントが宮里のものだと思い込んでいるということだ。

「誰かが私を嫌って、私のフリをして投稿してたの。違うって説明しても証拠がないから嘘だとしか思われなかった。時枝くんだって、そう思ってたはずだよ」

正直話を聞いても、なにも思い出せない。そのアカウントの話も、宮里がクラスのやつらから敵意を向けられていたことも。それに宮里がそんなことを裏でしていると、俺が本気で信じていたのかも疑問だった。

「俺は宮里にひどい態度とってた?」

「……気まずそうにはしてた。声をかけてくれたとき、あのアカウントは私なのか、改めて確認するように聞いてきたから……信じてるのかなって思ってた」

「俺の言葉で傷つけたならごめん。だけど俺は周りの言葉よりも、宮里本人の言葉を信じる」

そのときの自分がどう思っていたのか、今の俺にはわからない。けれど声を震わせて涙を溜めながら話している宮里が、嘘をついているようには思えない。

「あのさ、クラスで小坂たちと仲良かった?」

宮里は動揺するように目を見開き、視線を彷徨わせる。そして視線が交わると、短く息を吐いて小さく頷いた。

やはりスマホのケースがお揃いだったのは、元々仲が良かったからだった。

その裏アカウントの存在も、彼女たちと関係があるのではないだろうか。

俺の記憶の中では、最初に山崎がグループから外された。その後に空白の時間があって——おそらくそこで宮里の問題があったのだろう、そして今は落合が外されている。

「宮里、本当は犯人に思い当たる人がいるんじゃないの」

びくりと肩を震わせた宮里は、首を横に振る。知らないと自分に言い聞かせているようにも見えた。

事情を聞いていると、つらい思いをしていた宮里にとって、周りから記憶が消えるというのは、裏アカウントの存在から逃れることができたということだ。

「……もしかして、宮里は透明現象が続くことを望んでる？」

なにも答えなかった。でもそれが答えのようなもので、宮里はみんなから忘れられることを望んでいる。

「ごめん、宮里。俺がしてたことって、宮里にとっては嬉しくないことだよな。忘れられたいのに、思い出せるようにってメモしたり……」

望んで忘れられているのなら、今の俺は宮里にとって迷惑になっている。

「俺、思い出すべきじゃなかったよな」

宮里が傷ついたような表情で、かすかに口を動かす。けれどなにを言おうとしたのか、聞こえなかった。

「でも宮里は、このままでいいの？」

誰かが悪意をもって宮里になりすまし、そのことに宮里は傷つけられた。それでも仲違いした女子たちに、宮里が恨みを向けているようにも見えなかった。むしろ小坂たちを見つめていた瞳は寂しそうだった。

苦しい思いをしてきた彼女に言うべきではないのはわかっている。

だけど今のままでは、宮里が後に孤独で心を蝕まれることになる気がした。

「私は……っ」

不安定で崩れ落ちてしまいそうな宮里の手を掴むと、指先が冷え切っている。

「周りに忘れられて、誰かと仲良くなっても翌日には知らない人になっている、今のまま過ごしていくのを本当に宮里は望んでる？」

忘れられるというのは、嫌な記憶だけではなく楽しかった記憶まで消えてしまうということだ。宮里はそれを抱えながら、残りの高校生活をひとりで過ごしていけるのだろうか。

「だけど、敵意を向けられたり、軽蔑されるよりはずっといいよ！」

「宮里、」

「っ、もう誰にも嫌われたくない！　……嫌われるくらいなら忘れられた方がいい」

触れていた手が離れ、宮里は大粒の涙を流しながら必死に訴えてくる。

「誰も私の言葉を信じてくれなかった！　そんな人たちに囲まれて、私はどうやって過ごせばよかった？　私……本当にあんなこと書いてないのに」

過去の自分に怒りが湧いてくる。なんでこんなに苦しんでいる宮里に寄り添おうとしなかったんだ。俺は宮里が傷ついているのを見ているだけだったのか？

自分の言動を必死に思い返してみると、拓馬との会話が脳裏を過る。

『宮里さんのこと、心配でも今清春が女子のことに口出したら逆効果だから』

『でも、このまま放っておくわけにはいかない。だいたいあんなこと書くのはひとりしかいないいんだろ』

『だけど俺の話だけじゃ証拠にはならないし、否定されたらそれで終わりだって』

この会話、拓馬といつしたんだ？

証拠ってなんの？

あんなこと書くのはひとりだけって誰のことだ？

疑問ばかりが頭に浮かんで、答えが出てこない。

「これは自分で願ったことが叶った結果だから。ずっと黙っていてごめんね」

痛みを堪えるような表情で宮里が笑った。

違う。こんな顔をさせたいわけじゃなかった。

あの時みたいに、また俺は言葉を間違えて――あの時っていつだ？

「本当は私、忘れられたままでいいの」

宮里は立ち上がり、階段を降りていく。その後ろ姿を、俺はただ見つめることしかできない。

前にもこんなことがあった。

――そうだ。宮里が泣いていて追いかけたけれど、俺の言葉のせいで傷つけてしまったんだ。

『あのアカウントのことだけど、宮里なの？』

宮里が否定したら、俺も拓馬から聞いた内容を話そうと思っていた。だけど、かけるべき言葉を間違えた。

『〝違う〟って言ったら、信じてくれるの？』

宮里は涙を溜めて笑顔を作りながら、俺を拒絶した。

早く追わないと。そう思って足を動かしたとき、背後から気配がした。

『紗弥って、嘘つきだから近づかない方がいいよ。私も騙《だま》されたし』

振り返ると、そこには女子生徒が立っていた。

……顔が思い出せない。

俺はその女子が被害者のように振る舞っていることに苛立って睨みつける。

『全部お前がやったんだろ』

そう言うと、彼女は顔を強張らせながら、『私じゃない！』と言い返してきた。

少し言い合いのようになり、俺は会話を中断して、急いで宮里を追いかけた。けれど、校内を探しても宮里は見当たらなかった。

そして俺は、翌日に宮里の存在を忘れてしまったんだ。
宮里本人が忘れてほしいと願ったのなら、俺は思い出すべきじゃなかった。
だけど、力になりたかったんだ。
結局は俺のエゴでしかなかったけど、宮里に笑顔になってほしかった。
つらい思いをしてほしくなかった。
いつかちゃんと伝えたいって思っていた言葉もあった。
『本当は私、忘れられたままでいいの』
だけど、宮里。俺は忘れたくなかったよ。

六章　暴雨

お弁当が入った袋を抱えながら、行き場のない感情から逃げるように小走りで廊下を進んでいく。

時枝くんに知られてしまった。

忘れられる前に起こったことや、私が自分で消えたいと願ったことも。

どう思われただろう。都合の悪い事実を隠していたことに幻滅されたかもしれない。

『俺は宮里の言葉を信じるよ』

きっとあのときの様子を忘れているから、そんなことが言えるんだ。

『思い出すべきじゃなかったよな』

……違う。そんなことない。時枝くんが前みたいに私に声をかけてくれるようになって嬉しかった。

だけど、こんなことなら最初から時枝くんに、存在を忘れられたままの方が良かったのかもしれない。

「っ、い」

曲がり角のところで誰かと勢いよく衝突して、私はよろけてお弁当の入った袋を落としてしまった。

「ごめん！」

聞こえてきた声に、私は視線を上げることができなかった。足に力を入れていないと崩れ落ちてしまいそう。

顔を見なくても、誰かわかる。

「怪我《けが》ない？」

――未羽。

思わず名前を呼んでしまいそうになった。

馴《な》れ馴《な》れしく口にしないように、気をつけながら視線を向ける。そこには以前と変わらない明るい表情の未羽が立っていた。

「はい、これ！」

落とした袋を拾ってくれたらしく、未羽が手渡してくれる。

「……ありがとう」

目が合ったら泣いてしまいそうになる。未羽との接触はなるべく避けたい。

受け取ってすぐに立ち去ろうとすると、未羽は慌てた様子で「待って！」と引き止めてきた。

「大丈夫？」

記憶が戻っていないようなのに、なぜか未羽が私のことを心配してくれている。

不思議に思いながらも困惑して、おずおずと視線を上げた。

未羽は不安げな眼差しで私を見つめている。

「泣きそうに見えたから」

昔からよく私の些細な変化に未羽は気づいてくれた。

記憶を失くしても、無意識になにかを感じ取っているのかもしれない。

「大丈夫だよ」

心配をかけないように笑顔を見せると、未羽はますます表情が曇っていく。

「お節介《せっかい》だとは思うんだけど、なんか放っておけなくって」

かけられた言葉に視界が滲み、目尻から一筋の涙が流れる。

「ごめん、未羽」

喉の奥がひりついて、声がかすかに震えた。

「きっと明日には全部忘れちゃうと思うけど」

それでも私は、未羽に思いを告げるために手の甲で涙を拭いながら言葉を続ける。

「私……未羽のことが大好きだったの。ちゃんと誤解を解こうとせずに逃げ出して、大事な人を信じることができなかった」

未羽なら話せば信じてくれたのかもしれない。だけど一度目を逸らされただけで、怖くなってしまった。

私は信じてほしいと思いながら、誰のことも信じていなかったんだ。

みんなどうせ私の言葉よりも、裏アカウントの言葉や噂を信じる。

そう決めつけて、逃げてしまった。

私は裏アカウントなんて作っていない。あんな言葉書いていない。それなら堂々としているべきだったのに、周囲の視線や私のフリした誰かに怯えているだけだった。

私の話を理解できていない様子で戸惑っている未羽に笑いかける。

「未羽にとっては意味がわからないよね」

「えっと、私……」

今まで話した記憶もなければ、名前もわからない相手のはずだ。

突然泣き出して、身に覚えのない話をされても気味が悪いだろうな。

「聞いてくれてありがとう」

そのまま未羽の横を通り過ぎていく。

これは私の自己満足でしかない。それでも伝えたかった。

もっと別の選択肢があったのかもしれない。

今さら私は、あのときの自分の行動や願いに後悔をしていた。


時枝くんにちゃんと謝ろうと思っていたけれど、午後の授業は教室移動が重なり、話すことができなかった。

帰りのホームルームが終わったあとも、時枝くんは私を避けるように、すぐに教室から出て行ってしまう。

透明現象について真剣に考えてくれていた時枝くんに、本当は忘れられてよかったなんて、酷いことを言ってしまった。

感情的になって、逃げるように立ち去ってしまったことも謝りたい。

時枝くんに思い出してもらえたことは嬉しかった。

だけどまだなりすまし問題と向き合うことが怖かったんだ。

今の心の迷いも含めて、私の本当の気持ちを時枝くんに話そう。

落ち着かない気持ちで時枝くんを探しながら歩いていくと、階段を下りている男の子の後ろ姿に思わず「あ！」と大きな声を上げてしまう。

立ち止まることなく先に進んでいってしまう彼に、私は早歩きで距離を詰めて声をかけた。

「時枝くん！」

振り返った時枝くんは、突然のことに驚いた様子で目をまん丸くしている。

「あの、さっきは……ごめんなさい！」

話したいことは色々と頭に浮かんだものの、うまく言葉にできない。

「あんなこと言っちゃったけど、時枝くんに覚えていてもらえたこと、嬉しかった」

時枝くんは訝《いぶか》しげな顔をしながら、小首を傾げる。

「……ごめん、なんの話？」

目の前が真っ白になるほどの衝撃に、私は言葉を失った。

「さっきって、なにかあったっけ？　謝られる覚えがなくて」

まさか――と嫌な予感がして、冷や汗が背筋に滲む。

「時枝くん、私のこと覚えてる？」

「え……」

すぐに答えない彼に、私は確信を持って目を伏せた。

時枝くんの中で、宮里紗弥が消えた。

「あ……、変なこと言ってごめんね」

おそらく不自然になっている笑顔を作る。そして、すぐに私は時枝くんに背を向けて歩いていく。行き先は昇降口ではなく、透明現象が起こってからふたりでよく行った階段。

ひとりで座りながら、膝を抱える。

「どうして」

消えそうな声で呟きながら、涙がスカートにしみを作っていくのを見つめる。

けれど理由はわかりきっていた。

私が望んだからだ。

〝最初から時枝くんに私の存在を忘れられたままの方がよかった〟

一瞬でもそう望んでしまったから、きっとレインドームが反応してしまったんだ。

再び学校の中に私を覚えていてくれる人は誰もいなくなった。

私は本当にこれでよかった？

嫌な視線や噂話から逃れることはできたけれど、同時に大事なものも失った。

今の状況を、私は心から望んでいた？

ぐちゃぐちゃに渦巻いた感情に支配されて、涙で視界が歪んでいく。

なにが正しかったのか、今もまだ心の整理はつかない。けれど時枝くんにもらった言葉や過ごした時間は、私にとって間違いなく大切だった。忘れたいことなんかじゃなかった。

私はどこから間違えたのだろう。

真衣や由絵、英里奈との関係？

なりすましの言葉に対抗できるほど、心を強く保てなかったこと？

いくら私が自分じゃないと声を上げ続けても、言い訳だと思われるはずだ。そうやって諦めて、真衣たちと向き合うことから逃げたかった。

私を信じてくれない人と言葉を交わすのが怖い。この教室の中に私を嫌ってなりすましている人がいる事実から目を背けたかった。

だけど向き合うって、全て綺麗に解決して、みんなとの仲を良好にするってことじゃないのかもしれない。

私は嫌われるのが怖かった。だけど誰からも好かれるのは、どうしても難しくて、時には理不尽に敵意を向けられることだってあるはずだ。

英里奈が言うように、私はいい子ぶっているのだろう。

『宮里は、このままでいいの？』

――私、流されることが楽だった。波風立てるのを避けて、自分からなにかを変えようとしてこなかった。

失いたくないものがあるなら、自分の手で守らないとダメだ。

私は服の袖で涙を拭って、階段を駆け下りた。


ロッカーでコートを羽織り、急いで校舎を出てから、ふたまたに分かれた道の左へと進んだ。

少しして見えてきた陸上競技場がある公園のそばを、走って通り抜けていく。

一度しか行ったことがない場所へ向かうために必死に足を動かしながら、時枝くんと過ごした放課後を思い返す。

『忘れたくない景色を探しに行こう』

私の忘れたくない景色は、時枝くんと一緒に見た河原での天気雨。

夕焼けや、光っている雨粒は綺麗だったけれど、それ以上に時枝くんが隣にいたから心に刻まれたんだ。

時枝くんは私のことを忘れたくないと言ってくれたのに、私はまた身勝手に記憶が消えることを願ってしまった。

けれどもう誰かの心を、記憶を、言葉を消したくない。

息を切らしながら河原へとたどり着き、私は砂利《じゃり》の上にカバンを放って着ていたコートも脱ぎ捨てるように置いた。

走ったため身体が熱い。ブレザーのポケットから出したハンカチで額や首の汗を拭いてから、周囲を見渡す。

あの日飛んでいってしまった折り畳み傘の袋は、もうこの近くにはないかもしれない。それでも私は取り戻したかった。

あの袋には、私と時枝くんを繋いでくれた桜のキーホルダーがついている。

伸びきって鬱蒼《うっそう》とした草を掻き分けて、少しでも可能性がある場所を探していく。

キーホルダーが重石《おもし》となって、そこまで遠くには飛んでいかないのではないかと淡い期待を抱いていたけれど、見当たらない。

犬の散歩をしている人やランドセルを背負っている小学生たちからの視線を感じる。変に注目を浴びるようなことを本当はしたくない。けれど、どうしても私はあれを見つけたかった。

「あ！」

川の浅瀬《あさせ》の方を探し始めると、小石に引っかかっている紺色の物体を見つけて手を伸ばす。肌を刺すような冷たい水の感覚に耐えながら、それを掴む。

広げてみると、折り畳み傘の袋ではなくビニール袋のようだった。

がっくりと肩を落とし、その場に座り込みたくなったけれど、暗くなる前に探し出さなければいけない。気持ちを切り替えて、再び辺りを見回す。

小石を踏む音が聞こえて顔上げると、少し離れた位置から、険しい表情でこちらを見ている人物がいた。

「……こんなところでなにしてんの」

時枝くんがここにいることにも、声をかけられたことにも驚いて言葉が出ない。

立ち尽くしている私に歩み寄ってくると、彼はカバンのそばに置いていたコートを手にとって私の肩にかけてくれる。冷え切った身体が温かさに包まれて、指先からじわりと血が通ってくる感覚がした。

「顔青白くなってる」

「……大事なもの、探してるの」

時枝くんは理解し難いといった様子で眉根を寄せた。

「なに探してるのかわからないけど、川に入って探すのは危ないって」

「誰かにとっては馬鹿げたことかもしれないけど、私にとっては時枝くんとの大事なつながりだったの」

時枝くんは呆然と立ち尽くしながら、白い息を漏らす。

おそらくよく知らない女子から、大事なつながりだと言われて困惑しているのだと思う。

「だから、せめてこれだけでも取り戻したくて……っ」

私は今までなにかに必死になることがなかった。

体育祭も音楽祭も、頑張ってまとめている子たちを、一歩引いた場所で見ているだけ。

目立って裏で文句を言われるのも避けたい。あの子が頑張っているから、自分はほどほどにやれば、なにも言われないはず。

そうやって自分からなにかを手にしようとはせず、いつも誰かに身を委ねていた。

「いい子ぶってるとか言われたけど、全然そんなんじゃない。ただ本音を言うのが怖かっただけなの」

一度目を伏せてから再び私を見た時枝くんが真剣な面持ちになる。真っ直ぐな瞳の奥で、彼がなにを思っているのかはわからない。

「周りのこと嫌だって、面倒だなって思ったこと何度もあった」

私は、ずっと自分の心に嘘をついていたんだ。

押し込めて気づかないふりをしていた感情が零れ始める。

「それでもグループにいると安心して、楽だったの」

英里奈を仲間外れにしたときだって、大事なら声を上げるべきだったし、嫌なら離れるべきだった。

「一月になって時枝くんと席が近くになれたことが嬉しくて、学校に来るのが楽しいって思ってたの。でもそんな毎日が、真衣たちが険悪になってから居心地が悪くなって、一気に学校が憂鬱《ゆううつ》になった」

心の中では、私もみんなに対して不満を抱えていた。

英里奈は私のことをいい子ぶっていると言っていたけれど、英里奈だって本音を隠していたじゃないか。

真衣と英里奈の問題なのだから、由絵は真衣に加担するのをやめたらいいのに。

言えない本音が私の心に重たくのしかかっていった。

「英里奈と真衣たちに仲直りしてほしいって思ったのは事実だけど、正直巻き込まれるのは嫌だなって思ってた。だけど、今度は私が仲間外れになって、身に覚えのないことまで起こって……なんでこんなことになって苦しかった」

あんなことをしなければ気が済まないほど、なりすました人物が私を恨んでいたのか、それとも少しの悪意があそこまで膨張《ぼうちょう》していったのか、真実はわからない。

だけどどんな理由があったとしても、なりすましをして私を追い込んだ相手が許せない。

「忘れられて気持ちが楽になったのは本当だったけど、幸せなんかじゃなかった」

繰り返し忘れられるたびに安堵感よりも、心が削られていく感覚がしていた。

未羽や時枝くん。好きな人たちから私の存在が消えて、大事な思い出も全てなかったことになってしまう。

「時枝くんに思い出してもらえたとき、嬉しかった。……でもずっと不安だったんだ」

堪えていた涙が頬を濡らしていく。

「もう時枝くんに忘れられたくない。だから……」

気持ちを整えるように深く息を吸ってから顔を上げる。

「私のことを信じてほしい」

黙ったまま私を見つめている時枝くんが、なにを感じているのかはわからない。

私の話についていけていないだろうし、困らせてしまっているかもしれない。

すると、時枝くんが力を緩めるように微笑む。

「宮里も俺のこと信じて」

「え……？」

時枝くんは自分のカバンから、袋に入っていない紺色の折り畳み傘を取り出して、私に見せる。それは貸したままだった私の傘だ。

「帰りにカバンを開いたとき、この傘が中に入っていて誰のだろうって思ってた。それに河原になにかを探しに行かないといけない気がしていて、一度通り過ぎたけど戻ってきたんだ。そしたら宮里がいた。それでやっと思い出した」

「……私が周りに忘れられていることも、思い出したの？」

「今は全部覚えてる。周りから忘れられる前に、宮里になにがあったのかも」

この間の記憶が抜け落ちた状態とは違う。私が今まで隠したかった出来事も、彼は完全に思い出したらしい。

「ごめんなさい……っ、自分のことばかりで酷いこと言っちゃって」

「俺も自分の気持ち押しつけるようなこと言って、宮里の気持ち、ちゃんと考えてなかった。ごめんな」

時枝くんは悪くない。私が逃げてしまいたくて望んだことだ。

「私、時枝くんにあんなこと言ったあと、後悔していっそのこと全部忘れてほしいって思ったの。……そんなこと願ったから、きっとまた私のこと忘れちゃったんだよ」

人の記憶を勝手に消してしまうなんて最低なことだ。時枝くんは忘れたくないと言ってくれていたのに。

「でも、またこうして宮里のこと思い出せたから」

私の裏アカウントの話を思い出しても、時枝くんは優しいままだ。

関わりたくないと避けたり、冷たい視線を向けてくることはなく、忘れていたときと変わらずに私に接してくれている。

「逃げたくなることも、この先もあると思う。だけど今度こそ、俺は宮里の味方だから」

「私のこと、信じてくれるの？」

ニッと歯を見せて、時枝くんが「当然じゃん」と笑いかけてくれる。

「あんなに必死に話してくれた宮里の話が嘘だと思わないし、それに元々ちょっと思うところがあって」

「思うところ……？」

「裏アカウントに拓馬のことが書いてあったけど、宮里ってあいつと関わりほとんどなかっただろ。だから違うやつが書いてるんじゃないかって思って、それであの日、宮里に確認しようとしたんだ」

『あのアカウントのことだけど、宮里なの？』

『〝違う〟って言ったら、信じてくれるの？』

時枝くんは私が犯人だと思って聞いてきたわけではなかった。

がくりと足の力が抜けて、その場に座り込んでしまう。

「誤解させるような聞き方してごめん」

時枝くんは、目線を合わせるようにしゃがんで顔を覗き込んでくる。

「なりすましの件、嘘だって俺も声を上げる」

「……私も、今度はちゃんと声を上げる。諦めて口を閉ざしたら、私がやったことになっちゃう。そんなの嫌だ」

それでも信じてもらえなくて、後ろ指をさされたって、私は自分の心を殺したくない。

「だけど、宮里。無理だけはしないで」

〝大丈夫〟だと言い聞かせて、麻痺《まひ》した心に優しく時枝くんの言葉が響く。

味方がいてくれる。そう思うと心強くなるけれど、不安定な心は弱さと強さを行き来して、押し潰されそうになるときも、これから何度もあるはずだ。

「時枝くん」

けれど、もう全てをなかったことにするのはやめたい。

「私のことを思い出してくれてありがとう」

目尻に溜まった涙が一筋流れていく。

レインドームを思い浮かべながら、あの日望んだ雨が止むことを願った。

再び捜索《そうさく》を開始しようとすると、風邪をひかれたら困ると、時枝くんに止められた。

「俺が探すから、宮里は出てくるのを待ってて」

「でも私のなのに」

「家近いし、朝とか学校帰りに探してみるから」

そんな会話をしながらふたりで河原から離れて、道路まで戻った。その時だった。

白いガードレールに紺色のものが引っかけてあり、慌てて駆け寄る。

「時枝くん！　これ！」

手に取るとチリンと鈴の音が鳴る。見覚えのある桜のキーホルダーがついていて、花弁《はなびら》が少し欠けているけれど、間違いなく私の折り畳み傘の袋だ。

「誰かが拾って、ここにかけておいてくれたのかもしれないな」

「見つかってよかった」

私と時枝くんを繋いでくれた大切なものが、この手に戻ってきたことに、ほっと胸を撫で下ろす。

「念のため、これ俺が預かっておいていい？」

時枝くんは再び私のことを忘れるのではないかと不安なようだった。私は袋についている土埃《つちぼこり》のようなものを軽く払ってから、時枝くんに手渡す。

「でももしかしたら、明日は……全部元に戻ってるかも」

あの不思議なレインドームの話は時枝くんにしていない。けれど、私の言葉に時枝くんはなにかを察したのか、深くは聞かずに「そっか」と呟いた。

「大丈夫だよ」

心配している様子の時枝くんに私は告げた。

本当は少しだけ強がっているけれど、でもあのときとは違う。誰も私の声を聞いてくれないと思い込んでいたけれど、今は信じてくれる人がいる。

電車を降りて改札を通ると、すっかり空は暗くなっていた。

太陽の光の代わりにカラオケや居酒屋の看板が眩しく、昼間とは違う顔で駅は賑わっている。タクシー乗り場の近くで楽しげに騒いでいる大学生らしき人たちの前を横切り、細い路地を歩いていく。

そこを左に曲がり、直進していくとやがてふたまたの道が見えてくる。私と未羽がいつも別れる場所だ。

街灯の下に誰かが立っているのが見えて、目を凝《こ》らす。私を同じ制服を着ている子が、こちらの存在に気づいて駆け寄ってくる。

「紗弥！」

私の名前を呼んで勢いよく抱きついてきたのは、間違いなく未羽だった。

「私、なんでかわからないけど紗弥のことが思い出せなくて！　あんな態度とってごめん……って、言ってることおかしいよね」

私は静かに首を振って、未羽のことを抱き締め返す。どうやら急に消えた記憶が戻ってきて混乱しているようだった。

「部活が終わったら、紗弥ととにかく会わなくちゃって思って。それで家まで行ったけどまだ帰っていないみたいだったから、ここで待ってたら会えるかなって」

「……どうして会いにきてくれたの？」

「裏アカウントの件、紗弥と話したくて。メッセージ送ろうか迷ったんだけど、やっぱり会って話したかったんだ。待ち伏せなんかして驚かせたよね」

どこか落ち着かない様子で話しながら、未羽は私から離れる。そして泣きそうな表情で見つめてきた。

「私ね、紗弥の裏アカウントだって言われてたやつ見たら、自分の悪口が書いてあって……内心鬱陶しいと思われてるのかもって怖くなった」

裏アカウントには【M羽って仕切りたがりで痛い。サバサバしてる私、かっこいいとか思ってるでしょ】【M羽って男バスの先輩狙いなの丸わかりでウケる】などと書かれていた。

私たちは未羽の部活がない日の放課後は一緒に帰ったり、休日もよく遊んでいたけれど、学校で一緒にいることはほとんどない。なので、私が未羽と仲がいいことを知る人物が未羽のことを書いていたのだと思う。

「それに私が英里奈に余計なこと言っちゃって」

「余計なこと？」

「部活で揉めたときに、クラスでも問題起こってるんだから、そういうとこ直しなよって思わず言っちゃったの。そしたら他の子が、由絵ちゃんから詳しく話を聞いてたみたいで、部内で広まっていったんだ」

それで英里奈は、私が言いふらしたのだと誤解をしたようだ。

「裏アカウントが広まったときに、英里奈が紗弥のこと口が軽いって、小坂さんたちに話してるの聞いちゃって……こんなことになって本当ごめん」

未羽は自分の発言が原因で、私が英里奈の怒りを買ってしまったことを知り、後ろめたさもあったらしい。

「それにあのアカウントが紗弥なのかどうかもわからないのに、避けて傷つけたよね」

「……私だって思ってるわけじゃなかったの？」

未羽は完全に私のアカウントだと信じ切っている様子でもなく、そのことが意外だった。

「持ち物とか紗弥と重なる部分が多くて、正直、最初は信じちゃったんだ。でもよく読んでいくと、言ってることに引っかかったというか……。一条って女子と気さくに話すタイプとはいえ、ふたりって関わりないでしょ」

未羽も時枝くんと同じことを言っている。それに未羽と一条くんは同じクラスだから、私と一条くんの間になにもないことをわかっているのだ。

「一条が自分のこと好きっぽいとかあのアカウントに書いてあったけど、あれって書いている本人が一条のことを好きなように見えたんだよね。でも紗弥はそんな感じじゃなかったから……なんか、そこがおかしいなって」

未羽の言う通り、あの投稿からは一条くんに好かれて喜んでいるように思えた。なりすましの本人がまるで一条くんに想いを寄せているようで、おそらくほとんどの人にとっては、投稿者の都合のいい妄想《もうそう》のように見えていたはず。

「だけど一度でも疑って、本当ごめん！」

「……でも私が書いてない証拠なんてないし、疑われるのは仕方ないと思う。それなのに未羽は私が犯人じゃないって思ってくれるの？」

私の問いに、未羽が真剣な表情で頷いた。

「冷静に考えると、紗弥って私が英里奈のこと悪く言ったときも、便乗しなかったし」

「あれは……英里奈のことはうすうすわかってたけど、認めたくなかったっていうか……そしたら平和が終わっちゃう気がしたんだ」

いい子ぶっていたベールを剥いで、本音を見せると未羽が苦笑した。

「滅多に怒らないいし、感情を見せないから、紗弥の本音はわかりにくいよ」

「私ってわかりにくい？」

「だって、ほとんど自分の気持ち話さないでしょ」

なにが嫌だとか、なにが好きだとか、そういうことを周りの人に話す機会は、あまりなかった。

真衣たちといるときも、私は聞き役に回ることが多かったので、自分の話を積極的にしていない。

「私が喋りすぎちゃうのも悪いんだけどさ、それでもこれからは、紗弥の話も聞かせてほしい」

無自覚だったけれど、思い返してみると、中学の頃から仲がいい未羽にさえも、私はどこか遠慮して自分の話をあまりしてこなかったのかもしれない。

「私ね、未羽の忠告をちゃんと聞かなかったことや、気まずくなったままでいたこと後悔してる。裏カウントのことだって未羽にちゃんと相談しに行けばよかった」

もしも私が逆の立場だったら、本人だと信じたくないとはいえ、書かれている内容を気にしてしまう。接するのが怖くなる。

未羽が私から目を逸らしてしまったときの感情と同じだ。

それなのに未羽は私を信じようとしてくれている。なら私も、未羽にちゃんと打ち明けたい。

「裏アカウントなんて作ってない。私のこと、信じてほしい」

あれはなりすましだと真剣に伝えると、未羽は頷いて私の手を取る。その手は氷みたいで、こんなに冷たくなるほど待っていてくれたのかと、目頭が熱くなった。

「紗弥、話してくれてありがとう。あのとき、信じきれなくてごめん」

私は首を横に振って、今度は自分から未羽に抱きつく。

なりすましが現れて、周囲から孤立したときは、もう私にはどこにも居場所がないのだと思っていた。軽蔑され、なにを言っても嘘つきだと言われる。

だけど信じてくれる人がふたりもいる。

「私の方こそ……っ、ありがとう」

冷え切った未羽の身体を温めるように強く抱き締めた。

七章　薄日が差す

「あれ？」

朝起きると、机の上に置いていたレインドームの雨が止んでいる。

昨夜眠る前に見たときには、小雨が降っていたのに。今はガラスドームの中で桜が満開に咲いている。

ひっくり返してみてもスイッチのようなものは見当たらない。

もう願いを叶える時間は終わったとでも言われているみたいな気がして、不思議な現象なのに、あまり驚くことなく受け入れている自分がいる。

守ってもらっていた時間はもうおしまいだ。

スマホを開いて画像フォルダをタップしてみる。そこには仲が良かった頃の真衣と由絵、英里奈の画像がたくさん残っていた。

手に汗を握りながら、おそるおそるSNSを開く。

私のアカウントは復活していて、捨て垢からきたメッセージも残っていた。

なりすましアカウント【S】を探してみると、アカウントが存在している。けれどバレンタインデーを最後に更新が停止していた。

今日からまた、みんなの記憶が戻るはずだ。裏垢だってまた暴れるかもしれない。

足が竦みそうなほど怖くても、向き合っていかなければならないことがある。

心を壊してまで無理して学校へ行く必要だってないし、逃げる方法だってあるのだと思う。

だけど私は、もう一度あの場所で立ち向かいたい。

私はなにもしていない。だからこそ、うつむかずに堂々としていたい。


学校へ行き、ロッカーにコートをしまっていると、近くにいる女子たちが私のことを見ていることに気づいた。

「よく学校来れるよね」

「私だったら普通に無理なんだけど」

小声で話しているけれど、しっかりと私の耳まで届いてしまう。冷ややかな視線は、決意をしたばかりの私の心を萎縮《いしゅく》させていく。

あの日常が戻ってきたのだと実感し、心臓が速い鼓動を繰り返す。

クラスへ行けば、今以上に厳しい視線と言葉が浴びせられるはずだ。

「おはよ、宮里」

背後から聞こえてきた声に、うつむきかけた顔を上げる。

コートを着ている時枝くんが立っていて、ちょうど登校してきたところらしい。

「おはよう、時枝くん」

彼の笑みは、沈みかかった私の心を救い上げてくれる。

時枝くんは自分のロッカーにコートをかけながら、壁際でかたまっている女子たちを見て顔を顰めた。周りが私に注目していることに気づいたみたいだ。その視線から守るように立つ位置を変えると、そっと耳打ちをしてくる。

「少し話さない？」

まだ予鈴まで時間があるので、私は頷く。

痛いくらいの視線を浴びながら、私と時枝くんはふたりで何度も行った、四階から屋上へと続く階段へ向かった。


階段の途中で腰を下ろすと、時枝くんは硬い表情で話を切り出してきた。

「全部元通りになったんだな」

「うん、あの裏アカウントも復活しているみたい」

私のスマホにも真衣たちと撮った画像や連絡先のデータが存在している。消えた現実は完全に元通りになったのだ。

「宮里は思い出される方を選んだってことだよな」

「……忘れられたいこともあるけど、忘れたくないこともあったから。それを失うくらいなら、立ち向かいたいって思ったの。……時枝くんと未羽のおかげ」

私の声が届かない人もきっといる。嘘つきだと言って、嫌う人もいるだろう。

それでも、クラスの中の世界だけが全てじゃない。私にはこの先の未来だってあるのに、今のこの環境に怯えて心を病《や》んで諦めたくない。

強がりでもいいから、周囲の言葉や悪意に窒息《ちっそく》してしまわないように、前を向いて私の幸せは私の手で作っていきたい。

「宮里はこれからどうするか考えてる？」

裏アカウントの犯人じゃないと話しても、すんなりと信じてもらえるようにも思えないし、急に事態が収まるわけでもない。

この状況がしばらく続くのではないかと、時枝くんは心配してくれているようだ。

「まずは真衣たちと四人で話さないとって思ってる」

「その前に、なりすましの犯人探した方がいいんじゃない？」

時枝くんの言葉に、私は内心どきりとした。

「あいつと話して止めるべきだと思う」

誰がなりすましの犯人なのか、時枝くんは確証を持っているようだった。私も犯人の予想が全くつかないわけではない。

けれどその人が犯人だという証拠もない。違うと言われたらおしまいだ。

「とりあえず、試してみたいことがあるんだけど」

「試してみたいこと？」

時枝くんはスマホを取り出すと、例の私のなりすましアカウントを検索した。

画面に【S】というアカウントが表示されて、思わず目を覆いたくなる。

時枝くんが設定のマークを押すといくつかの項目が表示され、その中の【パスワードの再設定する】のボタンを押した。

「一体なにしようとしてるの？」

「このアプリって、電話番号の登録が必須だろ」

「え、うん。そうだね」

アカウントはいくつでも作成できるけれど、電話番号を登録しなければならないのだ。

「なりすましのアカウントを逆に乗っ取っちゃうってこと？　だけどパスワードの再設定なんてアカウントを作った本人じゃないとできないよね？」

ログインするためには、電話番号とパスワードが必要になる。ログインできていないとパスワードの再設定もできない。

「それが目的じゃない。ほら、これ」

下の方にある〝パスワードを忘れた場合〟というリンクに飛ぶと、【パスワードの再設定を希望しますか？】という文章が表示された。

「これって……」

再設定のためのコードを送信という欄に、＊印と数字が書いてある。

「ここを開くと登録している電話番号の末尾二桁《けた》がわかるんだよ」

「あ……！」

初めて知った方法に私は目をまん丸くする。

「昨日の夜にいろいろと調べてたら、アカウントが身近な人にバレる可能性があるって記事を見つけたんだ」

「それって、裏アカウントが私のものじゃないって証明できるってことだよね」

表示された末尾の二桁は私の番号とは異なっていた。念のため家族の番号も確認したけれど、合わないため身内のスマホを借りたという疑惑も消せる。

「確認してほしいんだけど、このクラスのことをよく知っていて、同じ末尾二桁の番号のやつ身近にいない？」

私は電話帳アプリを開いて、石井未羽、落合由絵、小坂真衣、山崎英里奈……と親しい友達の番号を五十音順で確認していく。

「……宮里」

私はスマホを握り締めたままうつむいた。

予感はしていた。だけどずっと勘違いだったらいいのにと思っていたんだ。

「同じ末尾は誰だった？」

私が彼女の名前を口にすると、時枝くんは納得したように「そっか」とため息混じりに言った。

「……ちゃんと話してみる」

末尾二桁が同じといっても、まだ否定することはできるはずだ。けれど私と親しくて、よく知っている人で同じ二桁なのはひとりだけ。ほぼ確定だ。

「宮里、話すのが怖ければ俺も立ち会おうか？」

時枝くんに助けを求めれば、一緒についてきてくれて心強い。心ない言葉を浴びせられるかもしれないし、疑われたと騒がれて、状況が悪化することだってあるはずだ。

それでも甘えてばかりではいられない。

「大丈夫。ふたりで話をしてみる」

私はスマホをポケットにしまって、緊張で冷たくなった指先を握り締めた。

生徒たちの刺すような視線を浴びながら、私は時枝くんと一緒に教室に戻った。

直接なにかを言ってくる人はいないけれど、あきらかに私のことを噂する声が聞こえてくる。

うつむきたくなるのを堪えて、どのタイミングで話しかけようかと考えていた。

朝のホームルームで、一限目の英語が先生の体調不良で自習だと言われると、教室中が一気に騒がしくなる。

真衣も嬉しそうな声を上げているけれど、話している相手は由絵ではなく、近くの席の男子だった。私に関する記憶が消えていたときに、由絵と仲違いしたことは継続しているみたいだ。

ホームルームが終わると、英里奈は先日からよく一緒にいる子と話していて、一方由絵はひとりでスマホをいじっている。

他のクラスの友達に呼ばれてドアの前で喋っていた真衣が、私の方を向いて睨みつけてきた。

もしかしたら私の話をしているのかもしれない。

恐怖に身が縮みそうになってしまう。

この場から逃げ出したい。消えてしまいたい。そんな感情が綺麗さっぱりなくなったわけではない。だけど、このまま口を噤んで後悔するのだけは嫌だ。

席を立ち、前方に向かって歩き始める。私の一挙一動をクラスメイトたちが注目し、針のむしろ状態だ。

立ち止まった私を、ドアの近くに立っている真衣が訝《いぶか》しげに見てきた。けれど私は視線を真衣ではなく、教卓側に向ける。

「英里奈、話があるんだけど。ちょっといい？」

私の言葉に英里奈が迷惑そうに眉を寄せた。

「なに？　今言ってくれない？」

彼女にだけ聞こえるように声を潜める。

「アカウントの件、この場で話していいの？」

「は？」

「みんなに聞かれたら困るのは英里奈だと思う」

強気な態度だった英里奈の視線が僅かに泳ぐ。そしてすぐに私を睨むと、席を立った。

英里奈とともに廊下へ出て行こうとすると、真衣と目が合う。先ほどのような敵意は向けられず、状況がのみ込めていない様子で立ち尽くしていた。

廊下の端までやってきて、人のいない社会科資料室へと入る。ドアを閉めると、英里奈が腕を組んで「で？」と話を促してきた。

彼女を目の前にすると、言葉を発することに躊躇いが生まれる。

『紗弥のいい子ぶってるところが嫌だった』

『紗弥といると苛々すること多かった』

英里奈が言ったことを思い出して、きつく目を閉じた。

初めて面と向かって嫌悪《けんお》を露《あら》わにされて、あのときはほとんどなにも言えなかった。

だけど悪意を持って英里奈がやったことを、私は黙って許すことはできない。

「あの【S】ってアカウント、投稿してるのって英里奈？」

「なにそれ、証拠あるわけ？」

「それは、」

「証拠もないくせに、そうやって決めつけるんだ？」

本当はちゃんと本人の口から聞きたかった。たとえ電話番号の末尾を調べる方法がなかったとしても、英里奈が私をよく思っていなかったことはわかっている。

いつからなのかはわからない。気がつかないうちに私が傷つけていたのかもしれない。英里奈の気持ちを知るために、私は本気で話し合いをしたかった。

「人のせいにしないでよ。紗弥さ、あんなこと書いていろんな人のこと傷つけて、恥ずかしくないの？」

だけど今の彼女を見る限り、話し合いなんてできそうもない。

なにを言っても、英里奈の中で私は敵だ。

「裏アカウントなんて、私は作ってないよ！」

「必死になる方が怪しいんだけど。てか、今さら誰も紗弥のことなんて信じてくれないから」

「……あのアプリって電話番号の登録が必須なんだよ」

「は？　だからなに？」

苛立ちを含んだ英里奈の眼差しに怯みそうになる。私は声が震えないように慎重に言葉を口にする。

「パスワードの再設定をしようとすると、電話番号の末尾二桁が表示されるの。その数字が、英里奈の番号と一致してた」

「っ、それだけで私だって疑ってんの？　マジで最低！」

口調を荒らげながら英里奈は私の肩を押した。

「……だけどあのアカウントは、私をよく知っている身近な人なのは間違いなくて」

「だから、なんでそれだけで私だって決めつけるわけ。そんなの証拠にならないじゃん！」

「でも私じゃないって証拠にはなるよ。番号も違っているし、家族の携帯番号とも一致していないから」

これで私の疑いは晴れるはずだと主張すると、英里奈がうすら笑いを浮かべた。

「それで？　そもそも紗弥が私に酷いことしたんじゃん！　私が真衣と揉めてること、バレー部の子たちに言いふらしたのが悪いんでしょ」

英里奈と真衣の喧嘩の件を、私が未羽に言って、それがバレー部に広まったことを指しているのだろう。けれど英里奈の誤解だ。

「たしかに、未羽に少し揉めてるとは話したけど、英里奈と真衣のこと詳しく話したりしてないよ」

「まだ嘘つくわけ？　私が真衣の好きな人を奪おうとしてるとか、バレー部に広めたくせに！」

「それが原因なの？」

ぴくりと英里奈の眉が動いた。彼女は感情的になればなるほど、わかりやすく顔に出る。

「一条くんと私はほとんど話したことないのに、あんな風に書いたのはどうして？」

「……そうやって鈍感《どんかん》なフリしてるとこムカつくんだけど。自分が一条くんから好かれてること、わかってたんでしょ！」

「一条くんとは、真衣と一緒にいるときに少し言葉を交わしたくらいだし、特別好かれてるって思ったこともない」

「ならなんで、一条くんが紗弥のこと聞いてくるの！」

「え……どういうこと？」

涙目になりながら、英里奈は憎悪を込めた視線を向けてくる。

「せっかく一条くんのバイト先が私の家と近くて、ふたりで話す機会ができたのに。私のことより、紗弥のこと聞いてくるし」

「ちょ、ちょっと待って！」

一条くんが私のことを英里奈に話していた？　だけど私と一条くんには接点がほとんどないし、好意を向けられているようにも思えなかった。

「好きなアーティストの話をしてたら、『宮里さんってなに聴いてんの？』って聞かれた私の気持ちがわかる？」

「それは別に深い意味なんてないんじゃ……」

「いきなり紗弥の話をしてくるとか不自然じゃん！　周りに合わせていい顔してるくせに、裏でこっそり抜け駆けしてたんでしょ！」

一条くんにとっては他愛のない会話のひとつだったのかもしれない。けれど英里奈は、私が一条くんの気を引くために、なにかをしたのだと誤解をしているようだった。

「紗弥、私のこと一条くんになにか言ったんでしょ？」

「え？　なにかって……」

「急に一条くんが私に冷たくなったのも絶対おかしい。バレー部のときみたいに私のこと悪く言ったの？」

「……そう思ったから、裏アカウントを作って私のフリをしたの？」

英里奈は深くため息を吐くと、口元を歪めながら笑った。

「だったらなに？」

「自分がなりすましの犯人だって認めるんだね」

「どうせ〝嘘つき〟で嫌われてる紗弥が、なにを言っても信じてくれる人なんていないよ」

なにも言い返すことができず、下唇を噛み締める。たとえ私が真実を口にしても、白い目で見られるだけだ。

「なりすましのことがあって、私に優しい言葉をかけてくれたのも……全部嘘だったの？」

「だって、あれで紗弥が学校休んじゃったら、つまらないでしょ」

「っ、つまらないって、私がどれだけ苦しんだと思ってるの⁉」

私が不登校になると、望んでいたような状況を作れなくなってしまう。だから、追い詰められていた私に英里奈はメッセージをくれたんだ。

「紗弥にされた分、苦しめたかったの。でも私の居場所も奪ったんだから自業自得《じごうじとく》でしょ？」

ドアが乱暴に開かれて、慌ててそちらに視線を向ける。

「──話してたこと、本当？」

姿を見せたのは、真衣と由絵だった。

「ふたりが一緒に教室を出て行ったから、気になって追ってきたの。ねえ、どういうことなの？」

真衣が酷く困惑した様子で、私と英里奈を交互に見てくる。由絵は顔色が悪く、視線が定まっていない。

「由絵」

「あ、えっと……」

「お願い。本当のこと全部話してほしい」

私の懇願に対して、由絵は固まってしまう。話してしまえば、自分の立場が一気に悪くなることをわかっているようだった。

すぐ横にいた真衣が眉をつり上げて由絵を横目で見やる。

「由絵、本当のことってなに？」

「……バレー部の子に英里奈のこと話したの、私」

声を震わせながら由絵が打ち明ける。

「バレー部の友達から、英里奈が部内で時々問題になってるって聞いたから、私も英里奈のこと話したの。でも実際に起こったことを話しただけだし、私、嘘なんて言ってないし。てか、英里奈が揉めすぎなのが原因っていうか……」

「部内でハブられたのって、由絵のせいだったってこと？」

英里奈の発言に、真衣が顔を顰めた。

「ちょっと待ってよ、元々は英里奈が悪いんじゃん。だいたい言われてることだって事実でしょ」

かばうような発言が気に食わないのか、英里奈が叫ぶように声を上げる。

「真衣だって、由絵のこと仲間外れにしてるくせに！」

「あれは由絵がいつも私に合わせてくるから……。でも英里奈が言ってた〝由絵が私といるのが苦痛だ〟って話も、嘘かもしれないってことでしょ」

どうやら真衣と由絵が仲違いしたのは、真衣が由絵を不満に思っていたことだけでなく、英里奈が真衣に話した内容が原因のようだった。

「なにそれ。私、真衣が苦痛なんて一言も言ってない！」

「似た感じのこと言ってたでしょ。真衣に意見するのが苦手だって」

「は？　なんでそれが苦痛って話になるの！」

由絵と英里奈が口論する中、真衣が私を見つめてくる。

「紗弥」

久しぶりに真衣に名前を呼ばれた気がした。

なんだかそれだけで、泣きそうになってしまう。

その瞬間、私は拒絶されて酷いことを言われても、真衣のことを嫌いにはなれなかったのだと感じる。

「さっきの話、本当？」

恨みたい気持ちもある。私の話を聞いてほしかった。信じてほしかった。それでも、嫌いになれないのは、楽しかった記憶があるからだ。

「あの裏垢は紗弥じゃなかったの？」

「──私じゃない」

あのとき信じてもらえなかった言葉を改めて口にする。

「みんなのことあんな風に書いてもないし、全部誤解だよ」

今の真衣の瞳からは戸惑いだけが伝わってくる。

「なんで……っ」

真衣は前髪を手でくしゃりと握り、壁に寄りかかった。

「英里奈、どうしてそんなことしたの。私たち、仲良かったよね。紗弥のなりすましまでして、みんなのこと傷つける必要あった？」

うつむいているため真衣が泣いているのかはわからない。けれど声が震えていて、あのアカウントの犯人が英里奈だったことに、ショックを受けているようだ。

けれど英里奈は悪びれる様子もなく、鼻で笑った。

「自分がいつも上の位置にいるから、そういうことが言えるんでしょ？」

真衣を睨んでいる英里奈を見て、彼女が本心でなにを思っているのかがようやく理解できた。

英里奈は真衣に対しても、敵意を持っていたんだ。

「そんな風に思ってたなら、なんで私の真似なんてしてたわけ？」

「そうだよ、おかしくない？　英里奈って真衣と同じもの買ったり、髪色まで似せようとしてたじゃん」

由絵の言葉に英里奈は黙り込んでしまう。

「しかもさ、バレー部の子たちが買ったものや遊びに行った場所を、私たちには自分発信みたいに話してたでしょ。あと、やたら〝いいね〟の数も気にしてたよね」

「……いっつも真衣のご機嫌とりしてた由絵よりマシだよ。真衣の隣にいるからって、自分も同列だとでも思ってたわけ？」

「はぁ？　そっちこそ、どうせ真衣にみたいになりたくて真似してたんでしょ！　あんたじゃ無理だから」

由絵と英里奈が、今にも掴みかかりそうなほどの勢いで言い争いを始める。由絵は見下すように目を細めて、口角を上げた。

「あ、もしかして一条くん狙ったのも、親しくなれば真衣より上に立てるって思ったから？　ウケるんですけど」

「っ、由絵になにがわかるの！　年上の彼氏がいたからって大人ぶってるけど、浮気されてたくせに」

「友達の好きな人奪おうとするやつよりマシなんですけど。てか、どうせ真衣に内緒で一条くんと近づけたことに、優越感でも持ってたんでしょ」

図星なのか英里奈は悔しそうに下唇を噛んで黙り込んでしまう。

由絵の言ったことが本当だとしたら、英里奈は真衣よりも優位に立ちたくて一条くんに近づいたものの、距離が縮まることはなかった。

それに加え、一条君が私のことを話題にしたことで、苛立ちが増幅《ぞうふく》したのかもしれない。

そしてバレー部で真衣との揉め事が広まることがあり、きっかけは私ではないかと思い込んで、憎んだ。

「……そんな理由で？」

真衣は理解ができないようだった。

「英里奈は私より上に立ちたかったの？」

「自分中心な真衣にとっては、馬鹿馬鹿しいことだって思うだろうね」

英里奈の目に溜まった涙が零れ落ちる。羨望《せんぼう》と劣等感と憎しみが込められている眼差しを向けられて、真衣は呆然としていた。

「真衣がこれをやりたいって言えば、みんなが同調するし、いつも中心だったじゃん。

私たち、気が合うんじゃないよ。本当は真衣に合わせてやってるってこと、気づいてないわけ？」

「でも……それなら思ってること、みんなも言えばいいじゃん」

由絵が「言えないよ」と声を上げて割って入った。両手をお腹《なか》の辺りで握り締めながら、微かに震えている。

「中学のとき、私が真衣に自分の機嫌で振り回すのやめてって言ったことあるじゃん。それで真衣と喧嘩して……みんなは真衣の方について、私は無視されたんだよ」

ふたりが中学から一緒だったことは知っていたけれど、その話は初めて聞いた。

「あれから私、真衣が怖かった。またいつ嫌われるんだろうって怯えて、英里奈のときも紗弥のときもやりすぎだって思ったけど、真衣の味方しなくちゃって」

「私、そんなつもりじゃ……」

「最近だって私のこと、あからさまに不機嫌な態度で避けたでしょ。だけどそういう真衣にうんざりしている子たちも結構いるんだよ！」

由絵も悩んでいたとはいえ、でもそれは真衣だけが一方的に悪いわけではない。

「なら、どうして由絵は今まで真衣と一緒にいたの？」

私の質問に由絵は気まずそうに視線を下げる。

「真衣と一緒だと……その、なんていうか」

「クラスの中心グループにいることができるからでしょ。それに真衣って、顔も広いし」

英里奈の指摘に由絵は反論することなく、口を噤んでしまう。

「そんな理由で、私と一緒にいたの？」

真衣が由絵の腕を掴むと、由絵はそれを振り払って距離をとった。

そのことに真衣は酷く傷ついた表情で涙目になる。

真衣は見た目が派手で容姿も可愛い。明るくて気が強い彼女は、クラス内で発言力があり、先輩にも知り合いが多い。

由絵はそんな真衣と一緒にいることによって、目立つ存在でいたかったようだ。

「一緒にいるのなんて、みんなそんな理由でしょ」

英里奈は、真衣と由絵と私それぞれを見る。

「私は真衣にも由絵にも紗弥にも苛々してた。みんな私に対して、扱いが雑でこっちが我慢してたことも気づきもしなかったでしょ」

「扱いが雑って、そんなことした覚えないんだけど」

私も真衣と同じで、英里奈の話を適当に流した記憶もない。

「本人たちには自覚なんてないだろうね。私があの裏垢作ったのだって、みんなに対しての不満を吐き出す場所がなかったからなのに」

「……あの裏垢、元々英里奈が使ってたの？」

「最初は由絵が彼氏に浮気されたとき、散々振り回されたから、それで吐き出すために作った」

アカウントが始まったのは十月で、由絵の彼氏の浮気が発覚した時期だった。あのときは英里奈が由絵を慰め、元気づけようとしていた。

「みんなに対しての不満を裏垢に書いたらだんだん気持ちが楽になって、私は笑って接することができたの」

清々《すがすが》しいくらいの笑顔で、英里奈が真衣に「気づかなかったでしょ？」と問う。

「……もしかして、私のアカウントに裏垢でいいね押して、取り消したのって、わざと？」

「そうだけど？」

真衣も由絵も、なにか言いたげにしているけれど複雑そうに顔を顰める。

私たちは英里奈が抱える黒い感情に気づかなかった。英里奈がうまく隠していたのか、それとも私たちが気にかけていなかっただけなのかは、今となってはわからない。

……私はどう思いながら、みんなと一緒にいたんだろう。

真衣といると、心強い味方がいて、ひとりにならない安心感があった。

楽しかったことだってたくさんあったけれど、どうして合わないからって悪口を言ってわかりやすく仲間外れにするんだろうって思ってた。

英里奈のことは、真衣と同じものばかり持っていて違和感はあったけれど、仲がいいからだと深くは考えず、平穏を崩さないために指摘しなかった。

由絵も、真衣の意見ばかりに同調して私と英里奈にはあたりが強くて、人によって態度を変えていることに、内心気づいていた。

仲がいいと思っていた私たちの関係は、触れたら崩れ落ちてしまうほど脆い。そのことを直視するのをずっと避けていたんだ。

「私、意見を言ったら嫌われてしまうかもって、結局自分のことしか考えてなかったんだ」

独り言のように、私は今まで言えなかった思いを吐き出していく。

「真衣に発言力があるのはわかってたから、嫌われたくないって合わせていたこともあったの。だけどそれだけじゃなくて、由絵にも英里奈にも嫌われるのが怖かった」

私はいつも、三人の前でいい顔をしていた。本心を隠し続けて、今が楽しくて平穏ならいいと、みんなの抱えている問題を知ろうともしていなかった。

「なりすましが現れたとき、信じてもらえなかったことが悲しかった。どうして身に覚えのないことで責められるんだろうって。学校にくるのもつらくて……みんなにとって私の存在ってなんだったんだろう。消えたいって思ってた」

私だけではなく、英里奈や由絵、真衣もそれぞれ葛藤があったのだと思う。

それでも苦しめられた時間を、仕方ないで終わらせることはできない。

「誤解があったからって英里奈がしたことはいけないことだし、鵜呑《うの》みにしてクラス内に広めた真衣や由絵たちにも、どうして私の話すら聞いてくれなかったのって思う」

周りから向けられる軽蔑や、鋭い視線。思い出すだけで怖くなって足が竦む。

している側は、あまり深く考えずに、それくらいで？と思うことでも、された側は心に深く傷が残ることだってある。

「……ごめん、紗弥」

真衣の謝罪につられるように、由絵も「ごめんね」と口にする。

けれど英里奈は、複雑そうな表情で私ではなく由絵を見た。

「でも元々は由絵がバレー部の子に言わなければよかった話でしょ」

だから由絵が悪いのだとでも言いたそうな英里奈に、私は胃の辺りがじわりと熱くなった。

「誰かに対して不満があっても、なりすましてあんなことをしちゃダメだよ」

「それは……ごめん」

英里奈の謝り方に心がこもっておらず、私にまだ不満があるようだった。

「仲が良かったときから、英里奈は私に思うところがあったんだよね？」

「……紗弥って、男子の前で天然ぶっていい顔してるじゃん。一条くんの前でもそういうことしてたんでしょ」

一条くんのことだけではなく、男子の前での態度について指摘されて、言葉を失う。

「グループにいたのだって、真衣に気に入られてたからでしょ。紗弥ってなんかひとりだけタイプ違うじゃん。地味っていうか、優等生ないい子って感じで」

なるべく目立つことを避けていて、周囲にとっての〝いい子〟でいようとしていたのは事実だ。だけど、私が想像していた以上に英里奈の中に敵意があったようだった。

「無理して周りに合わせてる気がして、言葉にいつも心こもってないなって思ってたんだよね」

「英里奈、言いすぎ」

真衣が止めに入ると、英里奈が眉を寄せて苦笑する。

「ほら、真衣はそうやって紗弥のことはかばうじゃん。そういうのが嫌だった」

確かになりすましの件が起こる前までは、真衣は特に私に対して優しくしてくれているのはわかっていた。そのことに英里奈も気づいていたんだ。

「……英里奈の気持ちはわかった。でもやっぱり私は自分が悪いとは思えない」

周りから忘れられて、ひとりになってみてようやく気づいた。

無理をしていると、心が迷子になって麻痺してしまう。

感情を押し込んで本音を隠していた友情は些細なことで壊れて、取り返しがつかなくなってしまうことだってあるんだ。

「もう二度とあんなことしないでほしい」

私の言葉に英里奈が目を伏せて、ぎこちなく頷いた。すると、予鈴が鳴り響く。

この四人で一緒にいるのは、きっとこれが最後だ。

もう今までのようにはいられない。

お互いの不満をぶつけて、すっきりして仲直り、なんてできそうにはなかった。

教室へ戻ろうとする途中、真衣が私を呼び止めた。

「勘違いして紗弥のこと追い込んでごめん」

「……うん」

「みんなにあれは紗弥じゃないって本当のこと話すから」

英里奈が立ち止まり、今にも崩れ落ちそうなほど青ざめた顔をしている。自分が犯人だと広められると思っているのだろう。

真衣は目を細めて英里奈を見つめると「紗弥はどうしたい？」と聞いてきた。

「私は――」

英里奈が犯人だったと真衣の口から伝われば、信じる人もいるはず。けれど、そしたら今度は英里奈が周囲から白い目で見られて孤立する。

どうなるのかは、自分が経験したので想像ができて、再び胃が鈍く痛んだ。

「私は自分の潔白が証明されればいい」

「本当にそれだけでいいの？　英里奈に陥れられたのに」

由絵が信じられないと言いたげに眉根を寄せた。けれど私は首を縦に振る。

「……紗弥は甘いよね」

不服そうな真衣に、私は苦笑しながら違うと答えた。

「誰かを追い込んで、英里奈と同じになりたくないだけ」

許せないという気持ちは消えない。あんなことをされて、簡単になんて折り合いなんてつけられない。

同じ目に遭ってしまえばいいと、こっそり思っている醜い自分もいる。

けれど、独りぼっちになって悪口を言われている英里奈を見たら、私は少なからず罪悪感を抱く。

自業自得と言ってしまえばそれまでだけれど、心に引っかかりを覚えたまま学校生活を送りたくない。

「英里奈はこういう私がいい子ぶってるって思って、嫌だったんでしょ？」

「……そうだね」

自分の悪事が明るみに出ることなくホッとしているようだけれど、私を見ている瞳には苛立ちが滲んでいる。

「それなら、私は英里奈が嫌な私のままでいるよ」

英里奈は眉根を寄せて、私の真意を探るような目で見てきた。視線を逸らすことなく、私は口角を上げる。

「英里奈のために、自分を変えてなんてあげない」

いい子ぶっていてなにが悪い。私は自分の心の平和を守りたいだけだ。

嫌いなままでいい。もう好かれたいなんて思っていない。

故意に人を傷つけて、追い込むような人間になんてなりたくない。

「やっぱ紗弥のいい子なところが嫌い。そういうの見せられると、いっつも自分がすごく惨めに感じてた！」

英里奈は泣きながら、顔をぐにゃりと歪める。

「真衣だっていつも『紗弥は英里奈よりいい子だから』『紗弥は優しいから』って言って、私と比べてきたでしょ！　冗談だったのかもしれないけど、それがずっと嫌だった！」

真衣が衝撃を受けたように口をぽかんと開ける。

「……ごめん。英里奈がそれ気にしてるなんて思ってなかった」

「でもそれって紗弥が悪いわけじゃなくない？　それに羨ましいなら、自分もそうなれるように頑張ればいいじゃん」

呆れたように由絵が言い返すと、英里奈は首を横に振って「なれないから嫌だったの！」と震えた声を上げた。

「紗弥みたいに善人になってみたかったよ！　好かれようと頑張ってるつもりだったのに、結局私はすぐ人が羨ましくなって、些細なことで苛々してうまくいかないし。自分の感情が抑えきれなくて……最低なことしたってわかってる」

「あのさぁ」

真衣がなにかを言おうとしたのを、私は軽く腕に触れて制する。

怒りを含んだ言葉を向けられることはあっても、心の内を英里奈がここまで曝《さら》け出したのは初めてだ。

「私、英里奈のこと好きだった」

「は……？」

――『内心私のこと見下してるでしょ』

「嘘じゃないよ。英里奈を見下したこともない」

英里奈から怒りを向けられたとき、あまりの衝撃にうまく言葉を返せなかった。だけど今だったら、私は自分の気持ちを言葉にして伝えられる。

「いつも場の空気を楽しくしてくれるから一緒にいて楽しかった。……だから英里奈の本当の気持ちを知ったとき、すごくショックだったの」

私を見つめていた英里奈の瞳が揺れ動く。そして糸が切れたように表情からは怒りが消えて、悲しげな色に染まった。

できることなら好かれたかった。友達でいたかった。

「でも英里奈がひとりになったとき、すぐ声をかけられなかったことや、知らないうちに苦しめていたこと、ごめんね」

「……っ」

「だけど、英里奈の裏で人に酷いことするような卑怯なところは嫌い。英里奈が私にしたこと、許すことはできない」

心の中で膨れ上がっていた怒りを英里奈に向ける。

面と向かって私に嫌いだと言われたことに驚いたのか、英里奈は表情を強張らせてながら唇を震わせた。

「……ごめ、っ……ごめんなさい」

か細いけれど、それは悲痛な叫びように聞こえた。

けれど、泣かれても優しい言葉をかけることはできない。

「バラさない代わりに、あのアカウントは削除して」

英里奈は嗚咽《おえつ》を漏らし、涙を流しながら頷いた。

そして、その日の午前中に裏アカウントは跡形もなく消えた。

真衣がクラスの人たちにあのアカウントは紗弥ではなく、なりすましだと話したそうだ。懐疑《かいぎ》的な人もいたけれど、そういう人たちには証拠としてアカウントの電話番号の末尾も異なっていたのだと説明をしたらしい。

責任を感じているようで、真衣は積極的に誤解を解くために動いてくれたので、昼休みが終わる頃には、クラスの人たちから嫌な視線を向けられることは減っていった。今はどちらかといえば、気まずそうに遠巻きに私を見ている人の方が多い。

「少し時間ある？」

帰りのホームルームが終わると、時枝くんが振り返ってそう言った。

話し合いの件について心配してくれているみたいだった。

ふたりで四階から屋上に続く階段に座ると、少しだけ沈黙が流れる。そして時枝くんがちらりと顔色をうかがうように私を見た。

「ちゃんと話せた？」

「うん。……元通りにはなれないけど、それでも言いたいことは言えた」

四人で一緒にいた私たちは散り散りになった。

もう休み時間になっても集まることはない。それぞれが別の道を進み、仲が良かった頃のように会話をすることもないはずだ。

「スッキリした」

笑って言うと、時枝くんは眉尻を下げて静かに頷いてくれた。

私の感情を見透《みす》かされている気がして、取り繕《つくろ》うように明るい声で話を続ける。

「私の裏垢じゃないって真衣と由絵の誤解も解けてよかったし、裏垢もちゃんと消えてほっとしたよ」

「宮里」

制止するように名前を呼ばれて、頬が強張る。

「泣くの我慢しなくていいよ」

「……っ、でも」

時枝くんの前で醜い感情を吐露《とろ》することを躊躇って、明るく振る舞うことによって前向きな姿を見せたかった。私はまたいい子でいようとしていたのかもしれない。

「されたことは、そんなすぐには忘れられないと思う」

「うん。……忘れるなんて簡単にできないよ」

話し合ってもなにもかもが綺麗に消化されるわけじゃない。

堪えきれずに涙が目の縁《ふち》を濡らしていくと、時枝くんが抱き寄せた。優しい腕の中で私は溜め込んでいた感情を吐露していく。

「私の中では残り続けるのに、周りの人たちは忘れていくのかって思うと、心がぐちゃぐちゃになって、悔しくて……おかしいよね。忘れられた方がいいはずなのに、なかったことにされるみたいで嫌だなんて」

私が傷つけられた事実を、なかったことにされたくない。

裏垢を作って陥れた英里奈も、それを信じて周りに広めた真衣と由絵も、私の陰口を言った人たちも、みんな許せないって気持ちが心の奥底にある。

「なりすましをしていた犯人と同じになりたくない。でも……私と同じ苦しみを味わえばいいのにって……そんなこと何度も思っちゃう」

「理不尽なことをされて、同じ苦しみを味わえばいいのにって思うことは誰にだってあるし、許せないことがあったっていいんだよ」

「……うん」

受けた傷はすぐには風化《ふうか》していかないし、生傷《なまきず》となって心に残り、これから先も思い出すたびにじくじくと痛むこともあるはずだ。

だけど、残ったのは痛みだけじゃない。

「時枝くん……そばにいてくれて、話を聞いてくれてありがとう」

抱き締めてくれている腕の力がわずかに強くなる。

裏垢が広まったときは、終わらない雨のように感じていた。

けれど、降り続いていた雨は止んで、不安定で柔らかな土が固まっていく。

誰かとぶつかって、つらい思いをすることだってあるけれど、泥に足を取られて立ち止まりたくない。

一歩ずつでもいいから強くなっていけるように、新しい日常をこれから歩いていきたい。

エピローグ　そして光の雨が降る

三年の先輩たちの卒業式が終わり、あっというまに修了式を迎えた。しばらくはまったりと春休みを満喫していたけれど、気がつけば時枝くんとの待ち合わせの日がやってきた。

時間ばかり確認してしまい、今日は朝から落ち着かない。

洗面所で三度目になる身だしなみのチェックをしながら、わずかに跳ねている右側の髪の束を指先でつまむ。

ミストやドライヤーを使って、なんとか毛先の動きを整えることができた。再びスマホで時間を見ると、時枝くんからメッセージが届いていた。一年のロッカーに忘れ物をしたらしく、待ち合わせは学校の前になった。

「あ、そろそろ出ないと！」

廊下に置いていたカバンを手に取って、玄関へと向かう。

靴箱からショートブーツを取り出すと、近くにある木製の棚に飾られている写真立てが目に留まる。

そこに写っているのは生前のおばあちゃんだ。穏やかでにこにことしていて、いろんなことを教えてくれるおばあちゃんが私は大好きだった。

神社へ通っていたおばあちゃんなら、私の身に起こった不思議な体験を信じてくれるだろうか。

あのあと、何度見てもレインドームの雨が降ることはなかった。神社へ行って巫女さんに詳しく聞いてみようかとも迷ったけれど、今の私には必要がなくなったから雨が止んだのかもしれない。そう思うようにした。

夢みたいな出来事だったけれど、きっと私はあの日々を忘れることはできないと思う。

「おばあちゃん、行ってきます」

写真の中のおばあちゃんに挨拶をしてから、私は家を出た。

春休みに入っている学校は静かだった。

今日はほとんどの部活が休みらしく、人の気配がしない。

予定よりも少し早く到着したため、少しだけ校舎の中に入ってみることにした。私服で中に入るなんて、先生に見つかったら怒られそうだけど、ちょっとだけワクワクする。

昇降口の隅にある来客用のスリッパに履き替えて、ぱたぱたと音を立てながら廊下を進んでいく。

昼間なのに誰もいない校舎は新鮮だ。自分だけがこの空間に取り残されたみたい。

一年生の教室がある三階まで上がると、一週間前までは通っていたはずの廊下が不思議と懐かしく感じる。

私の教室だった場所のドアに手をかけると、ガタガタと揺れながら音を立てて開いた。

私物も掲示物も一切なく、別の部屋みたいだ。黒板も綺麗になっていて、日に焼けたカーテンはきちんと束ねられている。

ここで過ごした日々は、いい思い出ばかりではない。

今となっては過ぎ去ったことだけれど、それでも真衣や由絵、英里奈との時間は良くも悪くも色濃く残っている。

友達だからって、すべてを受け入れられるわけではない。

自分とは違う部分があって、それを合わないと感じることも誰にだってある。大事なのはそれでも無理をすることなく、一緒にいることができるかだと思う。

三学期の自分の席の前に立つ。つらいこともあったけれど、このクラスになれて、そしてここの席でよかった。

時枝くんと席が近くになれたから、距離が縮まって、こうして今日も待ち合わせをしている。前に行った公園や河原の近くで桜が咲いて綺麗だと聞いて、一緒に出かけることになったのだ。

楽しみだなと頬を緩めると、足音が聞こえてきて体を強張らせる。

ひょっとしたら先生かもしれない。私服姿でここにいるのを見られるのはまずい。とっさにしゃがみ込んで机の横に隠れた。

「……え、なにしてんの？」

その声にほっと胸を撫で下ろし、顔を上げる。

すると視界に飛び込んできたのは、私服姿の時枝くんだった。

ゆったりとしたネイビーのトップスの中にギンガムチェックのシャツを着ていて、襟や裾、軽く捲《まく》っている袖から柄が見える。

爽やかで、けれどラフさもあって、時枝くんの雰囲気に似合っている。

心臓が全身に伝わるほど大きく脈を打ち、とっさにうつむく。

「具合悪い？」

心配そうに声をかけられて、慌てて首を横に振った。

「先生じゃなかったから安心して……」

誤魔化すように説明をする。実際先生だと思って隠れたけれど、時枝くんの私服姿がかっこよくて直視できなくなり、うつむいたなんて恥ずかしくて言えない。

そっと顔を上げると、時枝くんが納得したように目を細めて笑う。

「鉢合わせしても、忘れ物取りにきたって言えば大丈夫だって」

「そっか、そうだよね」

ほんのり熱を感じる頬が赤くなっていないことを願いながら、私は立ち上がる。

「それよりよくここにいるってわかったね」

「校舎の方に行ったら、靴が一足あって。もしかして宮里かなって思ってさ」

時枝くんは、先日まで座っていた自分の席の前に立って机の傷に手を伸ばす。

「次学校に来るときは、もう新しいクラスなんだよな」

「……うん。少し変な感じ」

人が変わればクラスの雰囲気も異なる。

二年生の私はどんな一年間を過ごすんだろう。

「宮里はもう平気なの？　なんか言ってくるやつとかいない？」

「そういう人はいないよ。ただ……腫れ物に触る感じかな。話しかけられてもちょっと相手がぎこちないというか」

誰も私の話を聞いてはくれず、敵意を向けられていたあの数日間。けれど誤解だったと知って、自分のしたことに罪悪感を持っている人も少なからずいるみたいだ。

「私にどう接していいのかわかんないって人も、いるんだと思う」

一部では私が濡れ衣を着せられたことや、なりすましをされるほど誰かに恨まれたのかと哀れんでいる人もいるみたいだけど、直接あの話題に触れてくる人はいない。

「犯人が誰なのか、予想がついているやつは多いけど、でもやっぱ宮里や小坂の口から聞きたがってるやつも結構いるよ。けど、言うつもりないんだよな？」

真衣にも甘いと言われてたことを思い出しながら、私は苦笑する。

「英里奈にされたことは今でも許せないけど、私は自分のために広めないことにしたの」

私が心穏やかに過ごしたかったという思いもあるし、後味が悪いのが嫌だというのもある。けれど、一番の理由は別だ。

「私のそういういい子ぶってるところが嫌みたいだから、これが私なりの仕返し」

時枝くんはぽかんとした顔で唖然《あぜん》としていた。

真衣みたいに甘いと呆れているのだろうか。

「私、時枝くんに思い出してもらえなかったら、あのまま今もひとりぼっちでみんなから忘れられていたと思う」

本来なら起こったことを、なかったことにはできない。

それがたとえ誰かの悪意から生じた理不尽なことだとしても。自分なりの選択肢を見つけて、心を守る方法を見つけていかなければいけないんだ。

「宮里が俺に傘を貸してくれたからだよ。だから俺は宮里を思い出せた」

それなら始まりは、四月に時枝くんが傘をくれたことからだ。

あのあとに、今度時枝くんが傘を忘れたときに、私が傘を渡すと約束をしたから、ロッカーには傘が二本入っていた。

雨が降りしきる中、傘をさして少しくぐもった声で私に話しかけてくれた時枝くんの姿が頭に浮かぶ。あの日から、私の中で彼は目で追ってしまう人になった。

なんだかくすぐったい気持ちになって、気を紛らわすように窓を開ける。外には桜の木が満開に咲いていて、柔らかい春の匂いがした。

「宮里」

隣に立った時枝くんに視線を向けると、真剣な表情で私を見つめている。

真面目な話を彼がするつもりなのだと気づき、時枝くんの方へと向き直った。

「これから先、誰かの言葉が信じられなくなったり、消えたいって思うことがあっても、宮里のことを大事に思っている人がいることを、忘れないでいてほしい」

暗闇の中を歩いているようなとき、私の足元を照らしてくれたのは間違いなく時枝くんだった。

私を忘れたくないと言ってくれたこと、忘れないために努力してくれたこと、今もそばにいてくれること。感謝しても、し足りない。

私はひとりぼっちじゃない。こうして寄り添ってくれる時枝くんや、未羽がいる。

「え、ごめん！　俺なんか変なこと言った？」

目に涙の膜ができて、瞬きをするとぽろりと流れ落ちた。

「違うの。……嬉しくて」

服の袖で涙を軽く拭って、笑顔で「ありがとう」と伝えると、時枝くんは安堵したように頬を緩める。

雲が流れて日差しの位置が変わった。光が差し込んだ彼の瞳は吸い込まれそうで、私は言葉を失ってしまう。

黒だと思っていた瞳の色は、光が当たると鳶色《とびいろ》に見えた。

「そんなに見つめられると照れるんだけど」

冗談まじりに笑われて、私は慌てて視線を逸らす。

「ご、ごめん」

「うそうそ。思う存分、見て」

からかわれているのはわかったけれど、あまりにも恥ずかしがると意識していることがバレてしまいそうなため、再び時枝くんを見てみる。

すると、桜の花弁が私と時枝くんの間に舞っていく。

それを追うように、ゆっくりと視線を上げると、時枝くんと目が合った。

飛び跳ねるみたいに、心臓が鳴る。

「好き」

「え？」

自分が思ったことが出てしまったのかと、私はとっさに口元を押さえた。

目の前の時枝くんは、勢いよくしゃがみ込んで両手で顔を覆っている。

「あー……待って、今のなし！　もう一回ちゃんと言わせて」

「え、あの」

「本当は帰り際に言う予定で、ごめん。今言われたって気まずいよな」

身体中に心音が鳴り響いているのが聞こえて、頬がじわじわと熱くなってくる。

今言ったのは、私ではない？

それなら……私にとって都合のいい解釈をしてもいいの？

「な、泣くほど嫌だった!?」

時枝くんがすぐに立ち上がるとあたふたとしながら、ポケットから取り出したティッシュを差し出してくれる。

どんどん溢れ出てくる涙で視界が滲んで、時枝くんの顔をちゃんと見ることができない。嗚咽を漏らしながら、私は何度も首を横に振る。

「……泣くほど、嬉しい」

もしかしたら時枝くんにとって特別な存在になれているのかもしれない。そんな淡い期待を抱きつつも、確信を持てなかった。だからたった一言の〝好き〟という感情が嬉しくてたまらない。

「それ、都合よく受け取ってもいいの？」

時枝くんの言葉に頷きかけたけれど、私はまだ大事なことを口にしていない。もらった言葉を私も想いを込めて返さないと。

ティッシュで涙を拭って、震える呼吸を整えるように息を吐く。

「ずっと前から、時枝くんのことが好きです」

手を伸ばすと、時枝くんの指先がほんの少し触れる。

すると時枝くんの手が、私の手を包むように重ねられた。

窓の向こう側から、葉擦れの音がして、ぽつぽつと雨が降り始める。

けれど空は晴れていて、淡く色づいた桜の木には、光のような天気雨が優しく降り注いでいた。

番外編　花雨のち晴れ

「今日絶対雨降るから、傘持っていきなさい！」

朝家を出る前に母さんからそう言われて、俺は内心〝雨なんて降らないだろ〟と思った。けれど持っていかないと五月蝿《うるさ》いので、仕方なく傘を手にとって家を出る。

空は雲ひとつない快晴。こんな天気なのに傘を持っていたら、変に見られそうだ。

「清春、おはー」

「おはよ」

拓馬と偶然にも河原の近くで鉢合わせた。中学から一緒の拓馬とは家が近いため、こうして時々学校へ行くタイミングが被る。

まだ眠たそうな目をしている拓馬が大きなあくびを漏らす。

「な～、清春。俺の髪って変？」

「変っていうか、派手」

唐突な質問に間髪《かんはつ》容れずに答える。

高校に入学して約三週間。入学直前に染めた拓馬の金髪がようやく見慣れてきた。

似合わないわけではないけど、以前と比べると別人のようだった。

「昨日中塚《なかつか》たちと遊んだときにすげぇ笑われたんだよ。高校デビューとか言ってさぁ！」

「まあ、中学のやつらは驚くかもなー」

中学の拓馬は賑やかな性格は今と変わらないし、クラスでも目立っていた。けれど髪は黒で、どちらかというと幼い顔立ちのため、先輩とか先生に可愛がられていたのだ。

そんな拓馬が金髪になり、近寄りがたい不良っぽい雰囲気になったことに中学の時を知る人なら目を疑うはずだ。

「しかもさ、こないだクラスの女子に軽そうとか言われたんだけど！」

「あ〜」

「なんだよ、その反応は！　みんな金髪に偏見持ちすぎだって」

はいはいと苦笑しながら拓馬を宥める。

「金髪だけじゃなくて、多分拓馬のノリが原因なんじゃない？」

気さくで人との距離が近いから、クラスの女子は軽そうという印象を抱いたのではないだろうか。

「まじかよ、中身が原因かよ！」

先ほどまで眠そうだったのに、すっかり通常運転のテンションになっている。朝から声がでかい。

「一途だって言っても誰も信じねぇしさぁ」

不貞腐《ふてくさ》れたように話す拓馬を横目で見ながら、「まだ引きずってんの？」と返す。

「常盤《ときわ》先輩の連絡先すら知らないんだろ」

「……あの人、捻くれてるからそういうの教えてくれないし」

拓馬は中学の頃の先輩に片想いをし続けていて、諦め悪いなと思いつつも、そんな姿を羨ましいと感じることがある。軽いと言われても、実際は拓馬は適当に女子と付き合ったりしないはずだ。

「軽いことする気ないなら、そんな印象、いずれ消えるだろ」

「そうかもしれねぇけど」

学校が近づいてくると同じ制服を着た女子たち三人が曲がり角から現れた。

全員同じクラスの女子だった。俺に気づくと「時枝くん、おはよ〜！」と明るく声をかけてくる。

「おはよ」

それだけ返すと、俺たちは女子たちよりも先を歩いていく。

急におとなしくなった拓馬の方へ視線を向けると、じっとりとした目で俺を見ていた。

「来年には清春が軽いって言われてるかもな」

「ないない」

拓馬みたいに誰かを一途に思っているわけでもないけど、特に彼女がほしいとも思っていない。クラスの女子とそこまで関わりもないし、誰かを特別意識することも今のところなかった。

放課後になると、朝の快晴が嘘のように空は灰色の雲に覆われ、音を立てて雨が降り出した。

昇降口へ行くと、どうやら傘を持っている生徒が結構いるようで、次々に傘を開いて校舎を出ていく。

忘れたと騒いでいる声も聞こえてくるけれど、数人の男子たちが楽しげに声を上げながら、カバンを頭にのせて雨の中を走っていく姿が見える。だけどあれでは家に着くまでに確実に制服がずぶ濡れだ。

母さんの言う通り、傘を持ってきて正解だったな、と朝の自分の態度を反省しながら、持ってきた傘の留め具を外す。

視界の端に、昇降口の屋根の下で雨宿りをしている女子が映り込んで、動きを止めた。同じクラスの宮里紗弥だ。

……傘、忘れたんだな。

入っていくかと聞くべきか、それとも傘ごと貸すべきか。いやでも、ほとんど話したこともないのに同じクラスってだけで馴れ馴れしく声をかけるのは、どうなんだろう。

傘を開いて、彼女の方を再び見ると目が合った。俺がさっき見ていたことに気づいたのかもしれない。

とりあえず無視をするわけにもいかないので「傘、ないの？」と声をかける。すると、宮里が控えめに頷いた。

「駅の方向？」

「あ、うん」

「……俺の傘入ってく？」

「えっ！　いや、大丈夫！　気にしないで！」

話したこともないやつの傘に入るなんて、嫌だよなと納得をして苦笑する。

「そっか。すぐ止むといいな。じゃ、また明日」

本人が大丈夫だと言っていたんだから、あまり気にしないほうがいい。

軽く挨拶をして、俺は昇降口を出た。コンクリートに雨が弾かれて、ズボンの裾にしみができていく。

この雨はいつまで続くんだろう。止むまで待つといっても何時になるかわからない。最悪、夜まで降っている可能性だってある。

学校の近くにあるコンビニから、濡れている生徒たちが新品の傘を買って出てきた。

カバンで雨をしのいで走っていた人たちの目的地の多くはここみたいだ。

宮里が憂鬱そうに空を見上げている横顔を思い出して、俺は足を止めた。

勝手に買ったら逆に困らせるかもしれない。そう思ったけど、このまま無視をするのは気が引けて、傘を閉じてコンビニの中へ入った。


翌朝、宮里が俺の席までやってきた。

「これ、昨日の傘代！　本当にありがとう」

俺のおかげで濡れずに帰れたと言って、千円札を机に置く。ぎょっとしてそれを宮里の方へと返した。

「お金はいいよ。俺が勝手に買ったんだし」

「でも時枝くんがいなかったら、私濡れて帰ることになってたよ」

昨日の雨は深夜まで続いた。

だけど傘は千円もしなかったし、ただの自己満足でしたことだ。別にお金はいらないと言うと、宮里は少しだけ申し訳なさそうに微笑む。

「今度、傘を忘れたときは私が貸すね」

「ありがと」

その今度がいつくるのかはわからないけど、同じクラスだから借りる日がくるかもしれない。軽い気持ちで考えながら笑みを返した。

宮里は話し終わると、自分の席へと戻っていく。

もしも拓馬が同じクラスだったら、こういうことがあるとすぐ騒いだだろうな。些細なきっかけからなにか始まるんだと、人の恋愛ごとにはよく干渉《かんしょう》してくる。

でも別に特別な感情があるわけでもない。クラスメイトが困っていたから。ただそれだけ。

「時枝くん！」

席に戻ったはずの宮里が、なぜか再び俺の席の前まできていた。

そしてお菓子の袋を持って、目の前に差し出してくる。

「どの味が好き？」

大玉の飴が入っている昔懐かしい袋には、いろんなフルーツの絵が描いてあった。

驚きながらも、一番好きなグレープを指差す。すると、宮里は中から紫色の飴の袋を取り出して、俺の手の上にのせた。

「私とおんなじ」

嬉しそうにニコッと歯を見せる彼女を見て、目を見開く。

おとなしくて控えめに笑う人だと思っていた。こんな風に子どもみたいに無邪気に笑うとは思わなくて、なぜか目を逸らすことを惜しく感じる。

「他にも好きな味があったらもらって？」

「……宮里は、他に何味が好きなの」

少し考えるようにして宮里が「全部好きだよ」と言う。その返答に噴き出してしまう。

「じゃあ、全部〝おんなじ〟じゃん」

笑いながら指摘すると、頬を赤く染め上げた宮里が首を横に振る。

「ち、違うよ！　一番はグレープなの！　あとはどれも好きで！」

昨日傘を渡していなかったら、今こうして宮里と話すこともなかった。

特別なことなんてないと思っていたけど、雨が降ったあの放課後は俺の中で特別なきっかけだった。


それから気づけば、宮里紗弥のことを目で追っていた。

髪の色が派手なわけでも、発言をよくしているわけでもない。

クラスの中で目立つわけでもないのに、彼女の姿はすぐに見つけられる。

誰にも気づかれていないと思っていたけれど、二学期になった頃に、よりにもよって拓馬に指摘された。

「……そんなにわかりやすかった？」

拓馬に気づかれるということは、同じクラスの中でも気づいている人がいるかもしれない。

「いやぁ、わかりやすいわけではないけど、清春にしては自分から話しかけたり、目で追ってるな〜って思ってさ」

付き合いが長い拓馬だから察したみたいで、胸を撫で下ろす。周りに気づかれて宮里と気まずくなりたくない。

にやにやと俺を見てきたけど、拓馬は根掘《ねほ》り葉掘《はほ》り聞いてくることはなく、「頑張れ」とだけ言ってきた。

宮里に話しかけても、すぐ小坂や落合たちが寄ってくるのでふたりで話す機会もあまりない。クラス替えまでにもう少し距離を縮めたいけれど、なかなか難しい。

予報外れの雨でも降ればいいのにと思う。

そしたら、あの約束を果たしてもらう機会を得られるかもしれない。

十二月に入った頃、拓馬が「宮里さん、このアーティスト好きらしい！」と俺にスマホを見せてきた。そこには男女三人組が映っている。

「なんで拓馬がそんなこと知ってんの？」

宮里さんとはほとんど会話をしたことがないはずだ。

「ちょっと、探れそうだったからさ〜」

「……俺のことだし、拓馬は協力とかしなくていいって」

どうやら拓馬のバイト先の常連《じょうれん》に、宮里と仲がいい女子がいるらしい。その人経由で好きなアーティストのことを教えてもらったそうだ。

「ごめんごめん、このままだとクラス替えしても片想いしてそうだからさ～」

それは否定できなくて、宮里の好きなものを聞いてくれた拓馬に素直に「ありがとう」とお礼を言う。

とりあえず俺も聴いてみよう。そこから新しい話題ができるかもしれない。

急に距離を縮めるのは難しくても、些細なことから宮里との話題が増えるようにしていきたい。


そして三学期。幸運なことにくじ引きで、席が宮里と前後になった。

拓馬が教えてくれた宮里の好きなアーティストの話題などで、ふたりで話す機会が増えて、少しずつ共通の話題が増えていく。

来年クラスが一緒になる確率は高くない。それなら残された三ヶ月、近くにいられる時間を無駄にしないようにと、毎日俺は宮里に話しかけていた。

けれどある異変が起こったのは、一月末のことだった。

宮里と仲の良かった山崎が教室でひとりになった。

周囲もなにかを察して、山崎に話しかけようとしない。小坂や落合は時折山崎を睨んでいて、宮里は思い詰めた様子で表情が暗い。そしてちらちらと何度も山崎のことを見ては、気にしているようだった。

小坂と山崎が喧嘩したと言う人もいれば、山崎はあのグループで元々嫌われていたと言う人もいる。真相は本人たちにしかわからないけれど、宮里が気に病んでいるのは確かだった。

そして俺は軽率に「このままでいいの？」と宮里に聞いてしまった。

部外者の俺が口を挟むべきではない。わかっていたはずなのに、俺は余計なことをしてしまったのだ。

そしてそれから少しして、今度は宮里がひとりになった。

山崎のときとは違って、クラスのほとんどのやつらが宮里に対して敵意を向けている。クラスの男子に事情を聞くと〝宮里が裏垢でクラスの悪口を書きまくっていた〟のが広まったと話す。

「なにかの勘違いじゃないのか？」

「ほら、このアカウント見てみろって」

スマホを渡されて、話題になっている裏アカウントを見せられる。

書いてある内容は、このクラスじゃないとわからないことが多い。それに小坂や落合らしき人についての悪口も書かれていた。

【T枝くんが前の席だと話つまんなすぎ。I条くんだったらよかったのにな〜】

息が止まりそうなほどの衝撃を受ける。

T枝って、俺のこと？　しかも前の席って、当てはまるのはひとりしかいない。

それにI条という名前が引っ掛かった。〝条〟という漢字が名前に入っているのは、拓馬くらいしか思い浮かばない。

もしも拓馬のことで合っているのなら文面を見る限り、これを書いている人物は拓馬に好かれていて、まんざらでもない様子だった。

……拓馬のことが、好き？

一瞬、頭が真っ白になった。

けれど、宮里がこんなことを書くだろうか。

それにいくつか違和感があった。まず拓馬の好きな人は宮里ではない。

それにふたりで話したとか、拓馬がこう言っていたなどと書いてあるが、そもそもふたりに投稿内容のような接点はないはずだ。

近くの席で普段から宮里と接していた俺としては、小坂たちの悪口の件も宮里本人の投稿のようには思えなかった。そもそもこんな内容をあえて見てくださいとでもいうように、アカウントに鍵をかけないで投稿をするのだろうか。

それに見る人が見れば、誰かわかるものの、それはあくまで〝このクラスなら〟の話だ。

誰かが見つけて、広めたのは間違いない。だけど、その人物はどうやって見つけたんだ？

まるでわざと見せつけているようなアカウントに気味の悪さを感じる。

「これ誰から広まった？」

男子たちに聞いてみると、小坂のアカウントにこのアカウントから〝いいね〟が押されて、すぐに取り消されたらしい。けれど通知が残っていて、小坂がこのアカウントの存在を知り、広まったそうだ。

アカウントの切り替えを間違えたため、ボロが出たのではないかと思っている人が多いようだった。

自分の席でうつむいている宮里に声をかけようとすると、近くにいた男子に止められる。

「関わんないほうがいい。あいつ、ヤバいって。それに小坂がキレてて怖えし」

宮里にも聞こえるはずで、俺は顔を顰めた。小坂のことより、宮里の方が心配だ。いきなり周りが敵のような状況になって、平気なはずがない。

「清春」

廊下から顔を覗かせた拓馬が、こっちにこいと手招きしてくる。ドアの前まで行くと、強引に腕を掴んで教室から連れ出そうとしてきた。

「いきなりなんだよ。……俺今、取り込んでんだけど」

抵抗すると、拓馬が周りに聞こえないように耳打ちしてきた。

「下手に口出すなって」

どうやら拓馬も、うちのクラスでなにが起こっているのかを知っているようだった。

「わかってるなら、なおさら止めるなよ」

「まずは俺の話聞けって」

珍しく真剣な口調で話す拓馬に驚きながら、俺は廊下の隅の方まで連れて行かれた。

壁に寄りかかり、脱力すると隣に立っている拓馬を横目で見る。

「で、話って？」

「まず、俺と宮里さんの間にはまじでなんもないから。書かれてたこと全部嘘だし」

投稿内容に違和感はあったものの、拓馬の口から聞けて内心ほっとした。

「あとさっきも言ったように、この状況で宮里さんに関わりに行かない方がいい」

宮里の噂を信じているような言い方に、俺は眉根を寄せる。

拓馬は女子の揉め事は怖いとよく言っていたけど、これはその一言で片付けていい問題ではない。

「このまま黙って見てろってこと？　あんな風にひとりになってる宮里を？」

苛立ちを覚えながら言い返すと、「落ち着け」と宥められる。

「そうじゃなくて、なりすましが宮里さんのことをもっと追い込もうとするかもしれないし。それに俺犯人わかるかもしれない」

「は？」

「でも決定的な証拠がないんだよ」

どうにかして証拠さえ掴めれば宮里の誤解も解けるかもしれないと、悩むように腕を組む拓馬に詰め寄る。

「本当に犯人がわかるのか？」

「お、おう多分な。てか、近い近い！」

口を尖らせてふざけてくる拓馬に、若干引きながら距離をとった。

「だいたい俺と宮里さんってほぼ会話したことないから、これ誰と誰の話？って感じだよ」

「……宮里や拓馬が否定したとしても、周りのやつらは宮里じゃないってすんなりとは信じないだろうな」

「女子たちが話してるのを聞いた限りだと、あのアカウントは宮里さんだって証拠のような写真が投稿されてるんだってさ」

持ち物だとか、お気に入りのお菓子だとか、宮里が本人名義のアカウントで投稿している画像と同じものが、裏アカウントにあげられているそうだ。

「でもそれって画像を勝手に使っちゃえば誰でもフリができるよな」

「そ。だから宮里さんのアカウントをチェックしていて、クラスの内情にも詳しい人間は限られる」

そう考えるとやっぱりクラスの誰かがあの投稿をしている可能性が高い。

「俺のバイト先の常連に、宮里さんと同じクラスで仲がいい女子がいるって話したの覚えてる？」

「あー……宮里の好きなものの話を教えてくれたって人だよな」

「うん。その女子が書いたんじゃないかって思ってる」

もしかして拓馬が宮里のことをその女子に聞いたから、好きなのだと誤解をしたということか？

「それ、誰」

怒りを抑え、極力平静を心がけて聞く。

拓馬は強張った表情で、相手の名前を口にした。

「山崎英里奈」

小坂たちのグループから外れてひとりぼっちだった山崎の姿を思い出す。

ひとりになった腹いせ？　けど、なんで揉めた小坂ではなく、宮里を陥れるんだ。

「投稿を読むと、俺の話が書かれ始めたのは十二月。ちょうど山崎さんとバイト先で会った月」

「拓馬が宮里を好きだって誤解する可能性があるのは、山崎だけってことか」

つまり山崎は拓馬に好意があったから、宮里を敵視したのか？

「関わるのをやめようって思ったのも、最近のことだし。……距離をとるのが遅すぎたな」

基本的に誰にでも気さくで優しい拓馬が、関わることを拒否するのはかなり珍しい。

「なんかあった？」

言いづらそうに拓馬は目を伏せた。

「……山崎さんって、一月ぐらいから小坂さんたちと揉め始めただろ？　そしたらいじめられててつらいって電話が毎晩かかってきてさ」

「それ、毎回対応してたのか？」

「最初は電話出れるときは出てたよ。でもだんだんエスカレートしていったっていうか、会いたいとかそういう要求されるようになって」

強く突き放すことができない拓馬の性格をわかっていたのか、やんわりと断っても電話やメッセージは止まなかったらしい。

「宮里さんに、清春から借りた教科書、代わりに返しておいてって頼んだことがあったんだけど、その日の夜に山崎さんから『今日紗弥と廊下でなに話してたの』って聞かれたりして、このままだとまずいかなって思い始めんだけどさ」

離れようとしたタイミングで、山崎がバレー部で仲間外れになってしまったらしい。

「そしたらますます電話とメッセージが増えて、精神的に不安定になってるっぽかったから、話聞かないわけにもいかなくって」

クラスでも部活でも居場所を失っている山崎に、拓馬は自分を頼るなとは言えなかったらしい。けど山崎の言動は拓馬のことを彼氏だと勘違いしているような、気味の悪さを感じた。

「……教室で清春とか宮里さんたちとバレンタインの話したじゃん？　そしたら自分のことをいじめてる小坂さんからのチョコをもらわないでほしいって言われた」

さすがにいきすぎていると思ったそうで、彼氏じゃないし、そこまで干渉されるいわれがないということや、もう相談にも乗れないことをはっきりと言ったそうだ。

最初は山崎は感情的になって、攻撃的な言葉やすがるようなことを言ってきたけれど、拓馬は返事をすることをやめて完全に距離をとったらしい。

「……すごいのに好かれたな」

「俺のこと本気で好きっていうよりも、依存場所が欲しいとか、小坂さんとか宮里さんたちに対しての敵対心みたいのを感じたんだよな」

敵対心……それが今回宮里に向けられて、ここまで追い込むようなことをしたのだろうか。

「今すぐに本人に確認を取る、なんてことはしない方がいいからな」

念を押すように拓馬に言われて、ぐっと息をのむ。

「宮里さんのこと心配でも、今清春が女子のことに口出したら、逆効果だから」

「でも、このまま放っておくわけにはいかない。だいたいあんなこと書くのはひとりしかいないんだろ」

「だけど俺の話だけじゃ証拠にはならないし、否定されたらそれで終わりだって」

確かに問いつめられて自分が犯人だとすぐに自白するやつなんていない。頭に血が昇りすぎていた。冷静になるために深く息を吸う。

「あー……あと、みんなの前で話しかけたりすると、宮里さんの状況が悪化するかもしれないから、誰も見てないところで直接話した方がいい」

そこまで人目を気にする必要があるのかと、思っていたことが顔に出てしまったらしい。

拓馬が顔を顰めながら、言い聞かせるように説明してくる。

「クラス内に広まってる以上、普通の喧嘩とは違うんだって。男が口出すと、まじでややこしくなるから」

「……わかったって」

「あとメッセージで話すと誤解される可能性もあるし、今宮里さん参っているだろうから、話がしたいなら、できるだけふたりのときにした方がいいと思う」

拓馬の言葉に頷きながら、俺はどのタイミングで宮里に声をかけるべきかと考えていた。


けれどその後、宮里を追い込むような聞き方をしてしまい、拒絶されてしまった。明日もう一度話そう。そう思っていたけれど、俺は宮里に関する記憶が消えてしまった。


それから折り畳み傘がきっかけでもう一度宮里に関する記憶を思い出して、宮里が周囲から忘れられていることを知った。それは彼女が望んでいたことで、思い出されることを躊躇っていた。

けれど最終的に宮里はつらい出来事を消すのではなく、現実に戻ることを選んだ。

「いずれまた、みんなから忘れられる可能性ってある？」

俺の質問に、宮里は首を横に振って否定する。

「もう透明現象が起こることはないと思う」

どうやって周囲の記憶から消えたのかはわからない。けれど、本人がそう直感しているのならそうなのだろう。

ひとりに関する記憶が消える。それは今でも思い出すと、奇妙な体験だった。たとえ他の人に話しても信じてもらうことは難しいだろう。

だけど、そのたったひとりが俺の中では大事な存在で、もう二度と忘れたくない相手だった。


透明現象が終わり、宮里のなりすましアカウントも完全に削除された。

宮里は犯人を公表することなく、あのアカウントが宮里ではなかったということだけが広まっていったのだった。

春休みにふたりで過ごした日。俺たち以外誰もいない教室を見渡している宮里の横顔は、以前よりも少し大人びたように見えた。

「私、大事な人を信じたいし、信じてもらえる人になりたい。そのために人は言葉を尽くすんだなって最近思ったんだ」

透明現象が起こったときのことを思い返しているのか、宮里の笑みはどこか陰がある。

「伝えることを諦めたら、誤解をされたままで終わっちゃうから」

「……そうだな」

「クラスの人たち全員に信じてもらうのは難しいけど、せめて大事な人の誤解を解くことができてよかったなって」

宮里たち四人が以前のように一緒にいることはなかった。クラスメイトたちはそれに気づいていたけれど、誰も触れる人はいない。

疑いが完全に晴れたわけでもないし、巻き込まれたくないという人も多いだろう。けれど宮里の件が誰かのなりすましだったと小坂が話したことによって、中には察した人もいるはずだ。触れてはいけないという暗黙《あんもく》の了解によって、クラス内であの話題は沈静化《ちんせいか》していった。

宮里の傷が完全に癒《い》えたわけではないだろうし、これからも人間関係でいろんなことが起こって、つらいことだってきっと起こる。

「これから先さ、楽しいことも苦しいこともあるだろうけど、寄りかかるんじゃなくて……宮里にとって、いてくれてよかったって思えるような、そんな安らげる居場所に……あ、いや、なんか恥ずかしいこと言ってるかも」

「そんなことない、です」

そう言いながらも、宮里は照れたように頬が赤くなっている。

「つまりその、隣にいさせて」

うまく伝えようとしてかっこつかないまま、ぎこちない言葉になってしまった。けれど、宮里は笑って頷いてくれた。

三月の終わりに宮里が行きたいと言った神社へ行った。

宮里の家の近くにある神社で、幼い頃はよく通っていたらしい。

鳥居をくぐると、参道を囲むように桜の木が連なっている。ちょうど満開の時期で、見上げれば空の青さと桜の薄紅色が視界いっぱいに広がっていた。

ふたりで立ち止まって桜を眺めていると、強風が吹き、花が重なり合う音を立てて、散っていく。

「雨が降ってるみたいだな」

花が散る光景を雪に見立てることがあるけれど、目の前の景色は花弁が雨のように降っていると感じた。

宮里は驚いたように目を見開いてから、口角を上げる。

「私も、花の雨みたいだなって思った」

伸ばした手のひらに落ちてきた桜の花びらを、宮里は大事そうに手のひらに包んだ。

「なりすましのことがあって、気が滅入ってたとき、ここにたどり着いたんだ」

「宮里にとって、大事な場所ってこと？」

「……そうだね。だから、もう大丈夫って伝えにきたかったの」

参道を進んだ先で、境内を掃いている女性が立っていた。巫女装束を身に纏ってい
て、年齢は二十代くらいに見える。

宮里は巫女さんのところまで歩み寄ると、カバンから取り出したハンカチと置き物
を差し出した。置き物はドーム形になっていて、中には桜の模型が入っている。

「これ、お返ししたくて」

巫女さんは目をまん丸くさせて、数回瞬きをする。

「……よろしいのですか？」

「もう、私にはなくても大丈夫です」

巫女さんが受け取ると、宮里は「ありがとうございました」と言って頭を下げる。

俺はふたりがどういった関係なのかわからず、ただ傍観していた。

巫女さんの視線が俺に移り、唇の端が僅かに上がったのがわかった。そしてすぐに
宮里に視線を戻す。

「雨が止んだのですね」

顔を上げた宮里は、目元を緩ませて花が咲くような明るい笑みを見せた。

「はい！」

清々しさを感じる宮里の返答に巫女さんは満足そうに頷く。

そして巫女さんと別れて、ふたりで拝殿《はいでん》へと足を進めていく。

深いお辞儀を二回行い、両手を二回叩いて手を合わせる。

これから先も宮里の笑顔が見られることを願い、最後にもう一度深いお辞儀をした。


四月に入り、もうすぐ春休みが終わってしまう。

そのことを惜しく思うけれど、休みがありすぎても暇になる。春休みくらいの長さがちょうどいいのかもしれない。

時刻を確認するためにスマホを見ると、一件の不在着信の通知。

相手の名前は、宮里紗弥。

慌てて電話をかけ直すと、数回コールが鳴って『もしもし……』と少々躊躇うような声が聞こえてきた。

「宮里、ごめん。電話してくれた？」

『え……電話？』

「着信が残ってたから、用事あったのかなって思って」

言いづらいことがあるのか、黙り込んでしまう。ひょっとして困ったことでも起こったのかと焦燥感に駆られた。

「宮里、なにかあった？」

『あの、すみません。……どちら様ですか？』

突然冷たいものを押し当てられたように、ひやりとして凍りつく。

聞き間違いであってほしい。そう願いながら、俺は喉から声を絞《しぼ》り出す。

「時枝、だけど」

『えっと……時枝？』

心臓が波打つように大きく揺れる。

「俺のこと、覚えてない？」

そんなことありえない。起こるはずがない。そう思いたい。けれど、実際に宮里も周りに忘れられるという経験をしていた。

『ごめんなさい。どこでお会いしましたか？』

ぐらりと体が落ちる感覚がして、叩きつけられたような痛みが走る。

「――っ、てぇ」

目を開けるとなぜか床に寝転んでいて、けたたましいアラーム音が鳴り響いている。

体の至るところが痛い。どうやらベッドから落ちたらしい。

ぼんやりと天井を見上げながら、先ほどの宮里との電話を思い出す。

俺のこと忘れられてた、よな？

緩慢《かんまん》な動作で起き上がり、ベッドの上で鳴り響いているスマホのアラームを止める。

そしておそるおそるアプリを開いて、宮里のアイコンをタップした。

夢に決まっている。今度は俺の番とか、そんなことありえないだろ。そう思いながらも、万が一のことを考えると冷や汗が額に伝う。

今はとにかく宮里の声を聞きたいという思いと、あれはただの夢だと安心をしたい思いもあった。

通話マークを押すと、コールが暫《しばら》く鳴る。出られないのかもしれないと、切ろうとした時だった。

『もしもし』

スマホ越しに聞こえてきた宮里の声に、先ほどの出来事を思い出して硬直してしまう。

自分からかけたくせに、なんて言うべきか思い浮かばずに言葉が出てこない。

『時枝くん？　どうかしたの？』

名前を呼ばれたことにより、ほっと胸を撫で下ろす。

「……宮里に忘れられていたら、どうしようかと思った」

すると、宮里が声に出して笑った。

『もしかして寝ぼけてる？　声が寝起きみたい』

「うん、寝起き。起きたら宮里の声聞きたくなったから」

気が抜けてベッドに寝転ぶ。

夢でよかった。あんな思い、絶対したくない。

「宮里？」

反応がなくなってしまったことを疑問に思っていると、なぜかため息を吐かれた。

「ごめん、急に電話して」

困らせてしまったかと思ってとっさに謝る。

『ううん、そうじゃなくて。……恥ずかしくなるようなこと平気で言うから』

照れながらも呆れているような声で言われて、苦笑してしまう。あれは夢だと確証がほしかったから、恥ずかしさなんて気にしている余裕がなかった。

小鳥の囀《さえず》りが聞こえてきて、締め切ったカーテンを開ける。目が眩《くら》みそうなほどの日差しが部屋の中に差し込んだ。窓の外を見ると、まばらな雲が青空に流れている。

「天気いいな」

『そうだね。予報だと、一日晴れるみたい』

春休みが終わるまで、あと三日。もうすぐクラス替えがあり、新しい日常が始まる。

「今日、一緒に出かけない？」

夢を見たら、宮里に会いたくなった。

そんな言葉をつけ加える。また恥ずかしくなることを言うと、呆れられるかと思ったけれど、電話の向こう側で宮里が小さく笑ったのがわかった。

——私も、今日会いたいなって思ってたんだ。

完

文庫　番外編　だから、どうか消えないで

「ねー、聞いた？　英里奈、もう別れたんだって」

教室を出ようとしたタイミングで聞こえてきた会話に思わず足を止めた。

もう半年以上話をしていない、かつての友達の名前だった。

「これで何人目だっけ」

「三人目じゃない？」

「こないだ廊下で喧嘩してたし、上手くいってなかったっぽいよね～」

「喧嘩の原因、女子の連絡先全部消してって英里奈が怒ったかららしいよ」

私は噂話をしている子たちの横を通り過ぎて廊下に出た。購買の方へ歩いていきながら、すれ違う人たちを見やる。

人伝いで広まる話は、全てが真実だとは限らない。そこには誤解やほんの少しの悪意が混ざって、簡単に姿形を変えてしまう。そもそも噂自体が嘘の場合だってあるのだ。

そのことを私は身をもって経験した。

二年生では英里奈たちとも時枝くんや未羽ともクラスが分かれたので、私はほとんどまっさらな状態からスタートだった。

あの揉めごとがあってから、友達を作るのが少し怖くなった。

無理をして友達を作る必要もないし、周りの人たちとほどよく距離があった方が心は安全だ。けれど、心にぽっかりと穴が空いたような虚しさがあった。

周囲とは当たり障りのない会話だけして、基本的にはひとりで行動。暇なときはスマホをいじり、予鈴に合わせて授業の準備をする。

そんな日々がひと月ほど過ぎた頃、近くの席の子に声をかけられた。

『宮里さん、ここの問題解けた？』

きっかけはそんな些細な言葉だった。それから少しずつ会話をするようになり、気づけばクラスには仲のいい友達ができていた。

傷つくのが怖い。またあんなことが起こったらどうしよう。そういう不安もある。

ひとりでいることも間違いではないのだと思う。

だけど、やっぱり私は人といるのが好きで、ひとりぼっちは寂しいのだ。

人は傷つかずに生きることは難しくて、誰かを傷つけずに生きることも難しい。

だからこそ、痛みに鈍感にならないためにも自分の傷を知り、そして相手を思いやる気持ちを育てることが大事なのかもしれない。

……そんなのただの綺麗事でしょと言いそうな英里奈が思い浮かんで苦笑する。

彼女はきっと私のこういう考え方も合わなかったのだ。

だけど、これが私だとも思うし、一方でこういう考えに囚われすぎるのもよくないのだと思う。いろいろな意見を知ることで、視野は広まっていくだろうから。

戻れない関係もあるけれど、それでも過ごしてきた日々の全てが無駄じゃなかったって思える人生を私は歩んでいきたい。

購買の方へ行くと、女子生徒四人組が飲み物を選んでいた。

制服がまだ真新しいので、おそらく入学したばかりの一年生だ。

眩しいほどの笑顔でお喋りをしながら、友達と腕を組んだり、抱きつくように寄りかかったりしている。

彼女たちにかつての自分達を重ねて、懐かしい気持ちになった。

「あ、邪魔になってるよ！」

「ごめんなさい！」

私に気づいて、飲み物コーナーから彼女たちが移動していく。退かせてしまって申し訳ないなと思いつつ、私は会釈してから素早くミルクティーのペットボトルをレジに持って行った。

会計が終わったあと、廊下を歩きながら一年生の頃の自分達を思い浮かべる。

あの頃は、いつもみんなで行動していた。

クラスが離れて自然とではなく、気まずくなってバラバラになるなんて想像もしていなかった。

はしゃいで笑いながら廊下を歩いていた私たちの姿を思い出していると、不意に誤解がきっかけでひとりぼっちになったときの光景が浮かんだ。

何度思い返しても、重たい気分になる。

消えたいと願うほど、私にとってつらい日々だった。

時が戻せるとしても、あの頃にだけは戻りたくない。

それでも乗り越えることができたのは、私を思い出してくれて、支えてくれた人がいてくれたおかげだ。

息をすることさえ苦しくて、俯いて歩いていたあの頃の私に、教えてあげたい。

いつかまた前を向いて歩ける日が来るよ。

「宮里」

廊下の先で、時枝くんが私に軽く手を振ったのが見えた。

だから、どうか消えないで。

あとがき

『世界が私を消していく』をお手に取ってくださり、ありがとうございます。

気づけば単行本の発売から三年が経っていました。この設定自体を考えたのは約七年前です。

消えたいと願って忘れられる、傘を貸す。そんな走り書きのようなメモから始まりました。

物語を考えるとき、過去にメモしたフォルダをよく開くのですが、思いついたことをとりあえずメモしておくのは大事だなと改めて感じました。

そして、こうしてもう一度この物語を形にしてもらえる機会をいただけたことが嬉しいです。

文庫版では、その後の話を新しく書き下ろさせていただきました。ちょっとした後日談のような短編ですが、あとがきで書きたかったことを詰め込みました。

永遠の課題のようなものですが、できることなら傷つきたくないし、傷つけるのも嫌。だけど傷つかないで生きることも、誰かを傷つけずに生きることも難しいです。

自分の痛みに鈍感だと、相手の痛みにも気づけないかもしれない。

だからこそ、まずは自分がなにに傷つくのかを知ることが大事なのかもしれないなと思いました。

紗弥たちは全員決別を選びましたが、いつかまた隣を歩く日がくるかもしれないですし、高校を卒業したら二度と会うことがないかもしれない。

どの道を選んでも、きっとそれは間違いではなくて、どんな未来が待っているのかは自分次第。そして苦しかった過去の自分に二年生になった紗弥が優しく寄り添うような気持ちをラストに込めました。

作中に出てきている時枝の友人である一条が出てくるストーリーは、『青春ゲシュタルト崩壊　Another』に収録されています。興味がありましたら覗いていただけると嬉しいです。

最後まで読んでくださった読者様、そして作品に関わってくださった皆様、ありがとうございました。

丸井とまと

この物語はフィクションです。実在の人物、団体等とは一切関係がありません。

本書は、二〇二二年二月に小社より刊行された単行本に、一部加筆・修正を加え
文庫化したものです。

丸井とまと先生へのファンレターのあて先
〒104-0031　東京都中央区京橋1-3-1　八重洲口大栄ビル7F
スターツ出版（株）書籍編集部 気付
丸井とまと先生

世界が私を消していく

2025年4月28日　初版第1刷発行

著　者　　丸井とまと　©Tomato Marui 2025

発 行 人　菊地修一
デザイン　フォーマット　西村弘美
　　　　　カバー　北國ヤヨイ（ucai）
発 行 所　スターツ出版株式会社
　　　　　〒104-0031
　　　　　東京都中央区京橋1-3-1　八重洲口大栄ビル7F
　　　　　TEL　03-6202-0386　（出版マーケティンググループ）
　　　　　TEL　050-5538-5679（書店様向けご注文専用ダイヤル）
　　　　　URL　https://starts-pub.jp/
印 刷 所　株式会社ＤＮＰ出版プロダクツ

Printed in Japan

ISBN　978-4-8137-1734-8　C0193

映画化 2025.6.13公開
第５回野いちご大賞 大賞受賞作
青春ゲシュタルト崩壊
——壊れそうな私を、君が救ってくれた。
文庫版限定
書き下ろし
番外編収録！
丸井《まるい》とまと・著
定価：814円
（本体740円＋税10%）
朝葉は勉強も部活も要領よくこなす優等生。部員の仲を取りもつ毎日を過ごすうちに、本音を飲み込むことに慣れ、自分の意見を見失っていた。そんなある日、朝葉は自分の顔が見えなくなる「青年期失顔症」を発症し、それを同級生の聖に知られてしまう。いつも自分の考えをはっきり言う聖に、周りに合わせてばかりの自分は軽蔑されるはず、と身構える朝葉。でも彼は、「疲れたら休んでもいいんじゃねぇの」と朝葉を学校から連れ出してくれた。聖の隣で笑顔を取り戻した朝葉は、自分の本当の気持ちを見つけはじめる——。
イラスト／凪
ISBN: 978-4-8137-1486-6
スターツ出版文庫

スターツ出版文庫より新レーベル

アンチブルー

スターツ出版文庫

創刊！

綺麗ごとじゃない青春

2025年3月28日発売 創刊ラインナップ

『ゲーム実況者AKILA』
夏木志朋／著

心ヒリつく、
綺麗ごとじゃない青春

ISBN:978-4-8137-1722-5
定価：737円（本体670円＋税10%）

『死んでも人に言えないヒミツ』
雨／著

最悪な自分が
とびきり嫌な奴に——全部バレた

ISBN：978-4-8137-1723-2
定価：737円（本体670円＋税10%）

スターツ出版文庫は毎月28日発売！